瓦西里·焦尔金
特瓦尔多夫斯基
诗选

А. Т. Твардовский

Стихотворения
и поэмы

[苏] 特瓦尔多夫斯基 著

飞白 译

四川人民出版社

图书在版编目（CIP）数据

瓦西里·焦尔金：特瓦尔多夫斯基诗选 / (苏) 特瓦尔多夫斯基著；飞白译. -- 成都：四川人民出版社, 2022.1

ISBN 978-7-220-12558-4

Ⅰ.①瓦… Ⅱ.①特… ②飞… Ⅲ.①诗集—苏联 Ⅳ.①I512.25

中国版本图书馆CIP数据核字（2021）第251582号

Waxili Jiaoerjin: Tewaerduofusiji Shixuan

瓦西里·焦尔金：特瓦尔多夫斯基诗选

（苏）特瓦尔多夫斯基 著 飞白 译

出版人	黄立新
责任编辑	张春晓 王 雪
封面设计	张 科
版式设计	戴雨虹
责任印制	祝 健
出版发行	四川人民出版社（成都市锦江区三色路238号）
网 址	http://www.scpph.com
E-mail	scrmcbs@sina.com
新浪微博	@四川人民出版社
微信公众号	四川人民出版社
发行部业务电话	（028）86361653 86361656
防盗版举报电话	（028）86361661
照 排	四川胜翔数码印务设计有限公司
印 刷	成都东江印务有限公司
成品尺寸	145mm×210mm
印 张	15
字 数	361千
版 次	2022年2月第1版
印 次	2022年2月第1次印刷
书 号	ISBN 978-7-220-12558-4
定 价	72.00元

译者　飞 白

飞白全名汪飞白，1929年生于杭州。1949年不待从浙江大学外文系毕业即参加革命工作，历任第四野战军/广州军区军事兼外事翻译、训练参谋、训练科长及某部政委等职。1980年辞军职回校，任杭州大学/浙江大学中文系教授、美国尔赛纳斯学院英文系客座教授、云南大学外国语学院教授，开设世界名诗选讲、世界诗歌史、现代外国诗、比较诗学和文化、翻译学等课程，直至2011年。

在繁重的军务间和教学中，飞白长期不懈地致力于世界诗歌名著的研究译介，以视野广阔著称，译诗和评介遍涉英、法、西、俄、荷及拉丁文等十余个语种。有《古罗马诗选》《谁在俄罗斯能过好日子》《法国名家诗选》《马雅可夫斯基诗选》《勃朗宁诗选》《哈代诗选》《英国维多利亚时代诗选》（上、下卷）、《特瓦尔多夫斯基诗选》等译著，《诗海·世界诗歌史纲》（上、下卷）、《诗海游踪·中西诗比较讲稿》、《译诗漫笔》等专著以及《世界诗库》（十卷本）、《汪静之文集》、《世界名诗鉴赏辞典》等编著，共计达48卷。获中国图书奖一等奖、国家图书奖提名奖、全国优秀外国文学图书奖特别奖等主要奖项十余次。

Стихотворения
и поэмы

特瓦尔多夫斯基是俄罗斯文坛20世纪中叶最重要的诗人。他1910年出身于俄罗斯西部边陲偏僻农村的一个铁匠家庭，只上过农村小学，但少年发表多部诗作后被推荐上了师范学院。特瓦尔多夫斯基继承涅克拉索夫的“诗史”传统，创作了多部带史诗性的长诗，其中最负盛名的，是作者踏着战斗滚烫的脚印，从普通战士角度抒写反法西斯卫国战争的长诗《瓦西里·焦尔金》。这部真实而特别的诗作在军报上连载，传遍前线的每个战壕，成为战士在生死线上的知心朋友，也成为20世纪俄罗斯文学的长诗经典。

除以长诗著称外，特瓦尔多夫斯基的抒情诗也脍炙人口。他的诗风真挚平易，感人肺腑，他从不用诗笔争奇斗巧，而专从生活中提炼最朴实而不受人关注的诗意，一次又一次地触及普通人命运和记忆的深处。在战争年间，他就留下了《我战死在勒热夫城下》《在战争结束的那一天》等抒情名篇，而他后期的抒情诗尤为深邃清澈，富于哲理。

特瓦尔多夫斯基不仅作为诗人表现出强烈的时代感和当代性，他作为编辑的作用也同样引人注目。20世纪中叶，在两度出任大型文学刊物《新世界》主编期间，他全力帮助新锐作家刊发作品，使《新世界》成为苏联文学改革派的旗帜，在20世纪文学史上留下了不可磨灭的印记。

诗人于1971年因肺癌去世，葬在莫斯科新圣女公墓。代替墓碑立在他墓前的，是一大块无字的岩石。

作者　[苏] 特瓦尔多夫斯基

А. Т. Твардовский

译 序

“不，生活并没有亏待我”

在苏联诗坛上，当时已陆续“进入阴影”的白银时代诗人除外，如果说20世纪20年代的主要代表是马雅可夫斯基和叶赛宁，那么在马雅可夫斯基之后，尤其是从反法西斯战争开始到60年代末的主要代表，就数特瓦尔多夫斯基了。当时能发表作品的诗人中，没有第二人像特瓦尔多夫斯基那样引起读者关注和享有盛名，他的作品屡屡获得最高荣誉，也屡屡引发激烈争议。在20世纪五六十年代，他主编的文学刊物《新世界》提出“写真实”“写普通人”等主张，反对粉饰生活，成为苏联文学改革派的旗帜和读者关注的中心，主编特瓦尔多夫斯基竭尽全力，刊发了许多新锐作品，苏联的知识精英聚集在《新世界》周围正如19世纪俄罗斯的知识精英聚集在涅克拉索夫主编的《现代人》周围。诗的承担有轻重之分，而特瓦尔多夫斯基选择的是真实和记忆之重，继承的是涅克拉索夫的“诗史”传统。按我们习惯的说法，他是一位忧国忧民的诗人。不论历史最终如何评定，特瓦尔多夫斯基在20世纪文学史上已留下了不可磨灭的印记。

诗人的全名是亚历山大·特里丰诺维奇·特瓦尔多夫斯

特瓦尔多夫斯基

基（Александр Трифонович Твардовский, 1910—1971），生在俄罗斯西部边陲，斯摩棱斯克州偏僻农村的一个铁匠家庭。如他诗中描写的，那是个“条条道路到此都山穷水尽”的荒村野林，村名扎果烈的含义就是“山背后”。他父亲靠打铁多年辛劳积攒，买下一块沼泽密布丛林蔓生的荒地，土质是瘠薄的酸性灰壤，但总算是置了“自己的地”，从此家里也种地务农。这位铁匠性格倔强，但颇有文化素养，冬夜里他会伴着炉火，给全家朗读或背诵普希金、莱蒙托夫、果戈理、涅克拉索夫、托尔斯泰等名家诗文；而母亲则以敏感细腻的气质与抒情的歌声熏陶了未来的诗人。特瓦尔多夫斯基继承了父母的性格特点和家乡农村居民的一些特色，如酷爱自然，爱劳动和唱歌，爱和劳动人民交往而不喜张扬，并在这样的自然和文化环境中培育了以真实、朴实为美的诗风诗品。

我幸福，因为我来自
那座木屋、那个严冬。
我幸福，因为我并未
生就与众不同的好命。

特瓦尔多夫斯基怀着强烈的创作欲望写的第一首诗，是揭露破坏鸟窝的小伙伴的，小作者试图把它写下来，可惜他连俄文字母都还没有认全。他满十岁时，父亲给他的生日礼物是在集市上用土豆换来的一本涅克拉索夫诗集，这本书他珍藏了一生。十四岁时，特瓦尔多夫斯基在报上首次发表诗作。后来，在出版几本小诗集后，只上过农村小学的诗人被推荐上了本州的师范学院。特瓦尔多夫斯基以顽强的努力一面攻读大学课程，一面按要求自学、补考，并在一年内通过全部中学必修课，同时还以州报通讯员身份深入农村生活和坚持写作。恰逢30年代苏联农业集体化时期，写作要围绕中心任务，在师范学院读大二的诗人写成了农业集体化主题长诗《春草国》，1936年出版后大获成功。于是他得以转入莫斯科文史哲学院三年级，继续读到毕业。

《春草国》以农业集体化为题材，通过童话化、漫画化的情节来反映现实生活与农民的思想斗争，故事线索是长诗主人公——中农磨古诺离家出走，四处寻访不搞集体化的“春草国”，在那里，“就连种颗小豆儿，也是属于你的”。但结局是：传说中的春草国已不复存在，眼前的现实是普天下都集体化了，磨古诺终于不得不回来加入集体农庄。磨古诺寻访春草国的情节线与涅克拉索夫的著名长诗《谁在俄罗斯能过好日子》中七个农民四处寻访好日子前后呼应，《春草国》生动活泼，富于民间色彩、泥土气息的诗歌语言也与涅克拉索夫长诗一脉相承。这部长诗为特瓦尔多夫斯基赢得了斯大林文艺奖金。

然而《春草国》是含有悖论的：虽说主题是农业集体化而作者也拥护农业集体化，但与一般配合政治任务的作品不同，其主人公磨古诺代表的却是农民抵触集体化的真实思想；长诗原稿中还更明显地暴露了这场运动中的偏差（审查时被删除）。主人公磨古诺还在书中表示，听到斯大林下来视察的传闻，他真想当面问问他：“斯大林同志，请你给个答复，免得人们吵不清楚：这一片乱七八糟稀里糊涂，到什么时候有个结束？”那时候除了特瓦尔多夫斯基，怕是没人敢这样写。这给攻击者提供了很好的把柄，特瓦尔多夫斯基被控为宣传富农思想和反革命观点；他又为父亲被错划富农申诉，因“丧失阶级立场”遭州作协开除。但是运气不错，他不仅侥幸逃过拘捕流放，还因著名作家们积极保荐《春草国》，更因斯大林本人也欣赏这部作品，获得斯大林奖并使他命运得到改善。特瓦尔多夫斯基领到奖金后不久战争爆发，他把五万卢布奖金全部捐献作为国防费用。

“我踏过那场战斗滚烫的脚印”

1941—1945年反法西斯战争期间特瓦尔多夫斯基先后在《红军报》和《红军真理报》编辑部工作，整个战争期间一直在前线写报道，战争初期苏军败退时他曾被列入过失踪或阵亡名单，家属也被取消过军属补助。而比写报道更重要的，是他同时还在创作两部纪实性的战争题材长诗：《瓦西里·焦尔金》在战火中一边创作一边逐章发表，《路旁人家》则到战争结束后的1946年完成，两部作品均获斯大林奖。

战火在燃烧，《瓦西里·焦尔金》的写作没有通盘规划，作者踏着战斗滚烫的脚印，与战争同步写着这本真实而特别的书。它一开始在军报上刊登就获得极大成功，作者也因此获卫国战争一级和二级勋章。这是特瓦尔多夫斯基的代表作，也是苏联卫国战争期间最杰出的文学作品和俄罗斯20世纪文学的长诗经典。长诗主人公——红军战士瓦西里·焦尔金是杂取许多普通一兵的特色塑造出来的典型形象。焦尔金的性格既坚忍顽强、勇于承担，又乐观开朗、纯朴幽默，通过这个形象，诗人描写了战场上的艰苦生活和平凡的功勋，寄托了对战争的思考和全民族的坚韧的信心。焦尔金在战士群中是个受欢迎的小伙子，在战斗间隙是逗大家注意的中心，每逢艰苦时刻，战士们就会要求焦尔金说几句笑话鼓舞情绪，因此获得了大家的认可：

……现在呀，提起焦尔金，
“他是什么人”——那还用问！
“焦尔金吗？咱们都认识。”
“他是个人人喜欢的小伙子。”
“他是咱们自己人。”

《瓦西里·焦尔金》的诗体基于快板书。幽默小品和快板本是部队小报上的常见体裁，马雅可夫斯基在国内战争时期也曾用这种形式写鼓动诗。特瓦尔多夫斯基的独特之处是：他起意把这类小品断章纳入史诗性的框架，以战士语言和快板为基调写一部严肃文学作品。他从而创造了特别的形式：《瓦西里·焦尔金》既是战场上的片段，又是一个整体；既是诗人的创作，又是战士生活的自我呈现。当《瓦西里·焦尔金》的章节陆续见报时，广大战士就把这个虚构的人物当作了知心战友，作者每天接到大批前线读者的来信，战士们积极向诗人提供故事素材和发展线索，积极参与集体创作，而且相信焦尔金实有其人，相信他的原型无疑就出在自己那个部队里。基于这种情况，作者写了《焦尔金遇着了焦尔金》，让连队司务长说出“按照条令的规定，每个连队都要分配一名焦尔金”的妙语。1943年特瓦尔多夫斯基本来已打算结束长诗，但战士读者们不答应。作者只得续写，终于写到了战争胜利日，在胜利日当夜写完长诗的最后一行。

固然，在长诗后半部分，主人公焦尔金其实很少出场了，几乎消失了，但粗心的读者却没觉察到主人公的失踪，因为“焦尔金式的战士”不声不响地代替了焦尔金（“他呀，真是一个焦尔金！”）。是的，一个兵在战场上的命运是难以逆料的，长诗充分反映了战争中的这种不确定性。但不论焦尔金有没有牺牲，在大量涌现的“焦尔金”身上，继续着焦尔金典型形象的发展和完成。

《瓦西里·焦尔金》近似叙事诗却又有很浓的抒情成分。诗中除叙事主人公焦尔金外，“抒情主人公”也占重要位置，他不时以作者身份出现，又以焦尔金的战友和老乡身份出现，时而叙述时而抒情，时而沉思时而争辩，随情感所至或歌或哭或说或笑。依特瓦尔多夫斯基的说明，“《瓦西里·焦尔金》对我来说，在诗人与读者——战斗中的苏维埃人的相互关系中，是我的抒情诗、我的政论、歌曲和箴言、笑话和打趣，谈心和插白”。这种包容一切的体裁无以名之，特氏就以一个“书”字来概括，他说，“书”在人民心目中是个庄重的字眼，书里面写的应当全是真实，所以用“战士的书”作为此书的副标题。

《瓦西里·焦尔金》全书三十章，每章有相对的独立性。由于战场上的事难以逆料，这一章的读者不一定读得到下一章，无法期盼“且待下回分解”，“谁能说到尾，谁能听到底，——咱们预先还没法儿猜”，所以长诗缺乏古典意义的情节结构，没有“开端、发展、高潮、结局”的程式化布局。它的故事“没有头，也没有尾”，只好“从半腰里开始”，而且“写到完来也没有结束”。当然，实际上情节结构还是有的，首先是人民的共同命运，战争的“公共”情节——从败退到相持，到反攻和胜利；其次是战场上的“日常”情节——行军、打仗、负伤、养伤、喝稀饭、找烟袋、说笑话、上战地澡堂等不一而足。诗人不仅把主人公写成平凡的普通一兵，在情节上也着重写平凡的战地生活，而着意避免惊险曲折的情节性、传奇性，目的是要让人们掂量掂量，这些平凡生活中有多少艰难困苦，有多少悲欢哀乐。即便是写战斗，作者也避开了著名战役，反而对那些“打完了就被遗忘了”的战斗倾注深情，因为这是战士的“日常生活”，而在无名沼泽里战死与为保卫名城而牺牲是完全平等的。

喜剧因素与悲剧格调的紧密交织是《瓦西里·焦尔金》的又一特色。作者说：“战士少不了笑话，就像少不了烟草。两次轰炸之间有点儿空，咱们怎能不笑一笑？”“我所幻想的是奇迹的出现：我希望我的作品、我的情感，也许能在战场上给活人带来一些温暖。”但不同于一般鼓动快板或廉价的乐观主义，焦尔金的幽默乐观紧密结合着长诗对战争严酷性的抒情与严峻思考，组成了《瓦西里·焦尔金》的复调色彩。伴随乐观主义的悲剧性质在诗的进程中不断加强，而其基调在长诗的开头就定了：

可是还有一桩，
咱们比什么都需要：
如果缺少了真理，
那就断断活不了。

真理呀，你直接冲击着心灵，
真理呀，你朴实而干脆，
你来得浓一些，浓一些吧，
不论你带着多么重的苦味。

这里的“真理”（правда）一词，在原文中同时解作“真实”

和“真相”（译成中文难以体现这样的复义），所以可以说，在战争一开始，特瓦尔多夫斯基就树起了“写真实”的旗帜。《瓦西里·焦尔金》正是凭借不折不扣的真实，才具有如此激动人心的力量，获得了从士兵到将军的一致热爱。这也是特瓦尔多夫斯基受批判抨击最少的一部长诗，它得到了不同政见的作家好评。当时在前线作战的索尔仁尼琴说：“伴随我们的射击和轰炸的是鼓动聒噪废话连篇的洪流，而特瓦尔多夫斯基却按照他自己那种罕见的分寸感，或许，也按照那种农民温厚的素养，写出了超越当时的、勇敢的、丝毫不受污染的作品。……尽管没有说出战场上全部真相的自由，特瓦尔多夫斯基却面对一切谎言都在最后一毫米上止步，不论何处都决不逾越这一毫米，决不！于是他创造了奇迹。”而苛刻的语言艺术大师，获诺贝尔文学奖的第一位俄罗斯作家，十月革命后流亡法国的布宁说：“这真是一部罕见的书，何等的自由，何等令人称奇的勇气，何等精当和准确的描写，何等不寻常的人民与战士的语言，——没一个节没一个疤，没一个虚假的现成的辞藻即庸俗的文学辞藻！”

据在场的人回忆，一次特瓦尔多夫斯基在野战医院给伤员朗诵《瓦西里·焦尔金》，由于重伤员们的固执要求，轻伤员大家动手，把全部重伤员都抬到了会场上，躺在担架上听。朗诵时诗人与战士们情感融成了一片，在听众屏住呼吸的一片寂静中，偶尔可以听到强压的啜泣和唏嘘。那是多么不寻常的诗歌朗诵会呀！

《瓦西里·焦尔金》尽管深受战士欢迎，却因与总政治部的规定相悖而未获1943年斯大林文艺奖提名。特瓦尔多夫斯基没遵循领导给的任务写振奋士气的作品，却对败退和伤亡等真实场景做了大量描写，甚至还违背总政要求，没有在诗中突出领袖和党领导的决定性作用。——实际上，在卫国战争大型文学作品中没有提斯大林和党领导的，《瓦西里·焦尔金》是唯一的一部。这当然使这部另类作品出版和评奖都遭遇困难。1943年的评奖后来未能举行，推迟与下年度合并评奖，但下年度候选名单上依然没有特瓦尔多夫斯基。根据当时的作协书记法捷耶夫回忆评奖情景，斯大林看了这份名单表示惊讶，问“怎么没有《瓦西里·焦尔金》的作者？”对此的解释是：“这部长诗还没收尾，不好评。”斯大林说道：“我不信他能在末尾把诗写砸。”随即拿起红铅笔，在名单里写上了特瓦尔多夫斯基的名字。

这次获得的十万卢布奖金，特瓦尔多夫斯基也没有用来买车买房，全部捐给劫后的家乡扎果烈建设文化中心和图书馆。

“严酷的记忆总呼之欲出”

战争的伤痛在《瓦西里·焦尔金》中的流露其实是比较节制的，在抒情性更强的《路旁人家》中，诗人的哀伤痛楚得到更多的释放，这部以“抒情纪年”为副标题的长诗，是从战士的家庭、妻儿在战争中所遭的劫难着笔的，写的是一户“战争在门口路过”的普通人家的命运。战争爆发的那天清晨，男主人公正在挥着长镰收割牧草，这一曲和平劳动的旋律成了贯串全诗的抒情主题：

趁着露水，
挥镰割吧！
露水干了，
咱就回家。

然而战争打断了和平劳动旋律，主人公安德烈·西符措夫未能割完草就上了战场。后来女主人公——安德烈的妻子安妞塔与幼小的孩子们被德寇掳去受尽苦难，安妞塔还在囚禁中生下最小的孩子。战争结束，安德烈负伤回到家乡，但是家已毁了。他重新造起了房子，一边割草，一边抱着执拗的希望期待亲人会最终归来……

诗人把这一曲悲歌献给经过战火的每户人家，献给他们严酷的记忆，献给这一代人平凡而又可歌可泣的坚毅。与“战士的书”互补的“抒情纪年”风格偏阴柔，然而其中同样透出坚毅的气概。

严酷的记忆没有随着战争的结束而离开特瓦尔多夫斯基，“不论我望到何方、走到何处，严酷的记忆总呼之欲出。”大战结束后，他就写了《严酷的记忆》《在战争结束的那一天》和《我战死在勒热夫城下》等抒情名篇，纪念战争中牺牲的战士。他这类诗写得特别深沉，诗人发掘了“生死权利人人平等”和生还者对死者的负疚之情，从而达到了崇高境界。可是因有悖于当时力图缩小牺牲损失的宣传口径，特瓦尔多夫斯基大遭抨击，被指为“陷入哀悼而不能自拔”，“不是鼓舞人心，而是涣散人心”，“诗人被死者控制了，祟住了，陷入了心灵的空虚和迷惘”。诗人对此的答复是以更大的力量和更多的篇幅，在《在战争结束的那一天》里加写了辩论的段落，强调对牺牲者时刻不能忘记：“我们怎能把他们弃在远方，自顾自过我们的幸福生活？当我们沿着命运的小径跋涉，在走完人生历程的最后时刻，怎能不在心底揣摩——他们是赞许，还是谴责？”而大批读者来信也热情肯定了特瓦尔多夫斯基的诗，一位战士的母亲来信中这样写道：

“我的儿子失踪了……今天我在听广播……你说到胜利日，说到把生者与死者分隔的礼炮，说到这礼炮声使你记起战死的人，你永远不会忘记他们……听着你的诗，我受着强烈震动，我哭了，现在写这封信时还在哭，哭得像狂人似的，流泻着痛苦而又幸福的泪水……我……很自尊，我爱人们，却从不向人低头，但我向你低头鞠躬，我向你一躬到地，向你表一表我们——母亲们和我们牺牲了的儿子们的无限谢意。”一个诗人，还能期待更高的赞许吗？得到了母亲和战士的赞许，批评家是否赞许已失去了分量。

“世上有过这样的事”

严酷的战争记忆萦绕着特瓦尔多夫斯基，使他以后还屡屡回到这一主题上来，但特瓦尔多夫斯基并不停步于此，他是个严格意义上的“当代诗人”，他的创作总是表现出强烈的时代感和当代性，反映人们聚焦和痛苦思索的当代问题。他的诗一一排列起来，简直就像一部当代编年史。

特瓦尔多夫斯基在二战收复斯摩棱斯克时凭吊昔日家园

早在《瓦西里·焦尔金》的结束语中，作者就预告：“现在需要新的歌，等几天，它一定会出现。”1950年，特瓦尔多夫斯基书写战后主题的长诗《山外青山天外天》动笔了。揭开此诗第一章第一页，就传出了时代的钟声：

时刻到了！钟声已经敲响！
列车待发，车站灯火辉煌。
自幼过熟的生活啊，
仿佛已经落在了后方。

《山外青山天外天》形式上是作者乘坐“莫斯科—符拉迪沃斯托克”直达快车的十天旅途日记，实际上诗的跨度却是20世纪50年代整个十年。这部诗作是继《瓦西里·焦尔金》之后又一部具有史诗雄心，而又像“生活流”一样开放结构的书。特瓦尔多夫斯基以犀利而富于情趣的诗笔，在车厢里呈现社会，在旅程中反映历史。因为在这十年间，时间列车进入了每个普通人都开始思想的后斯大林时代，诗人一路上带着读者和旅伴讨论和反思当代的各种问题，在穿越广阔地面重重山川的同时不知不觉地感受十年的历史变迁，包括在偏远的小站上偶遇从冤狱出来的童年朋友，又中途下车去寻访集中营遗址。……长诗这样的历史跨度和思想跨度，恐怕是作者启程时也始料不及的吧。值得注意的是，与持偏激观点者不同，特瓦尔多夫斯基的反思不是否定一切的，而且他认为对过去的问题大家也都负有各自的责任。这部长诗获得了列宁奖金。

20世纪五六十年代是苏联文坛充满争论和探索而生气勃勃的年代。改革派和传统派（保守派）的观点展开了激烈的公开交锋，而两家大型文学刊物——特瓦尔多夫斯基主编的《新世界》和柯切托夫主编的《十月》分别成了双方对垒的主要阵地。这样，特瓦尔多夫斯基在创作《山外青山天外天》的同时，也成了改革派主将和争议的中心。他率领《新世界》打起了“写真实”“非英雄化”“写小人物”的旗帜，《十月》杂志则与之针锋相对，强调写正统题材和英雄形象，谴责《新世界》的“片面批判主义”、“自然主义”和“脱离典型化原则”。《新世界》也多次遭到《真理报》的批评。在苏联文学史上，特瓦尔多夫斯基作为《新世界》主编所占的分量毫不次于他作为诗人的分量。

特瓦尔多夫斯基是在1950年就任《新世界》主编的。1954年他写成一部篇幅较小的讽刺长诗《焦尔金游地府》，辛辣讽刺斯大林时代的官僚制度和僵化现象，但被新当权的赫鲁晓夫批判为“政治上有害，思想上恶劣”，因“污蔑诽谤苏联现实”而不能通过政审。加之特瓦尔多夫斯基又在《新世界》刊发波麦朗采夫《论文学的真诚》等系列文章，导致他被党中央书记处撤销主编职务。四年后，在改革思潮高涨的1958年他重新出山，再任《新世界》主编直到1970年。在此期间特瓦尔多夫斯基编发了许多原遭封禁的茨维塔耶娃、曼德尔施塔姆等俄罗斯白银时代作家的作品，又编发许多争议作品，产生巨大社会影响。如奥维奇金的特写《区里的日常生活》、爱伦堡的回忆录《人、岁月、生活》，特别是1962年刊登的索尔仁尼琴描写劳改营生活的纪实中篇《伊凡·杰尼索维奇的一天》引起轰动，成为“解冻”时代最显著的标志，这期刊物达到了十万份的巨大印数。《新世界》于是成了“60年代人”的精神绿洲。

1964年勃列日涅夫取代赫鲁晓夫当政后，立即收紧对文学界特别是对《新世界》的管控。此前，《焦尔金游地府》被封禁多年后终于在1963年争取到赫鲁晓夫批准发表，但到勃列日涅夫当政后的1966年，《焦尔金游地府》改编的话剧在莫斯科上演并大受观众欢迎，便随即遭到禁演。1969年当局又发动了舆论界对《新世界》围剿式的大批判。因碍于特瓦尔多夫斯基的声望不便撤他的职，便采取撤换《新世界》编委的策略，掺入人员掣肘主编，使得他无法工作，到1970年不得不交上辞呈。遭这一轮重击的特瓦尔多夫斯基中风倒下，之后又发现肺癌，病至次年逝世，终年六十一岁。索尔仁尼琴在悼词中说：“要杀死诗人有多种办法，对特瓦尔多夫斯基选用的一招是：剥夺他心爱的孩子——他的激情——他的刊物。”

诗人死后葬在莫斯科新圣女公墓，立在他墓前代替墓碑的是一块无言无字的岩石。

我们再回头来说说《焦尔金游地府》。这部诗不是《瓦西里·焦尔金》的续编而是其“戏仿”，带有强烈的黑色幽默味道，不过《焦尔金游地府》比“黑色幽默”这个名词的出现还早两年。这里简介两个情节以窥其一斑：

《焦尔金游地府》接过了《瓦西里·焦尔金》一书对主人公是否战死留下的悬念。《焦尔金游地府》一开头就揭晓悬念说：焦尔金终究是被打死了，在人世销号，到地府报到。他到地府一看，模样倒怪像地铁站，不过穹顶压得比较低矮。报到处叫焦尔金出示各种证明文件，而他因死得匆促，没开证明没办手续，于是受到重重刁难和盘查。被迫写“查三代”的交代材料时，在缺乏旁证的情况下，焦尔金灵机一动说：报纸上登有我的材料。人家却说：登过报也没有用，那材料我们看过，它“没有头也没有尾”入不了档，就连作者他自己来，我们也照样要审查他。焦尔金连年打仗没睡过一个安生觉，听说阴世是长眠之地，迫切想找个铺位休息，却偏偏没有铺位。他跑了许多单位都被踢皮球，——到处都是办公室和管理局，都只管领导和统计，不做任何实事。焦尔金又碰到一个早先打死的老战友，战友给他介绍阴间知识，从而得知：这里“不需要大地和天空，只需要墙”。

“我们的地府比资本主义地府先进，这里人人满意，无人申诉。”焦尔金问：“为什么这里到处都是机关和领导？”战友说：“因为这里只需要领导不需要生产。”“不生产吃什么呢？”“吃的嘛不发愁，开饭时会发菜单给你，上面样样都有，——补充一句：全都在纸面上，实物则是没有的。”

遇到层出不穷的荒诞现象后，焦尔金忍无可忍了：“这不像话！叫人怎么生活！”战友于是说道：“你居然想生活？对死人来说，这思想非常危险。战友交情归交情，但我若不报告就要进惩戒营的，你有如此危险思想，我是不能不向有关领导汇报了。”

“我真不知道我该怎样爱”

特瓦尔多夫斯基以长诗著称，但是他也出过许多抒情诗集，风格真挚平易，浸透泥土气息。他后期的抒情诗尤为深邃清澈而富于哲理，他的《近年抒情诗抄1959—1967》获得苏联国家奖金。一方面，特瓦尔多夫斯基作为涅克拉索夫诗派或称“公民诗派”传人，在长诗和短诗中都表现出诗人作为公民的历史承担意识，另一方面，他也同时表现出强烈的自我意识——对内心与“存在”的深切体验和探索。因此与涅克拉索夫的“诗史”传统并存，在他的后期抒情诗中又可看出丘特切夫的哲理抒情诗传统。他的抒情诗思考深，而出语“淡”，不以技巧取胜，“思想即诗，诗即思想”。

特瓦尔多夫斯基的悲剧基调和不屈的坚忍也贯串于他的哲理抒情诗中，他不求读者心软和同情，不求生活的苦杯把自己绕过。试读一首小诗为例：

我真不知道我该怎样爱——
爱这身边疾驰而过的世界，
若不是年岁一去不再，
若不是力量渐渐衰竭。

我真不知道热情该怎样烧——
我那万般眷恋的热情，
若不是我身为凡人，
也走向无条件的退隐。

若不是，若不是如此啊，
在一颗永不变暗的心里
哪会有饱经苦难的甜蜜，
哪有以痛苦和黑暗的死为代价
换来的信仰、意志、激情和魅力？

——人的全部幸福和诗的魅力，竟然在黑暗的苦杯之中。这一思想掌握了悲剧的精髓。但粗心的读者在前两节诗中很可能会把它忽略过去，而按理性常规把“若不是……”的条件句看作对爱和热情的干扰、限制和摧残。读到末尾才忽然悟到“若不是……”的条件句竟是爱和热情的必要条件。于是正如帕斯捷尔纳克形容的那样，“明白如昼”的理性“也面临了如梦初醒的照明”。

特瓦尔多夫斯基作为一代大师，具有鲜明的风格特色。他的诗歌语言极为淳朴，甚至可说，他最“不凡”之处就在于他的“平凡”，在于他的平易近人。与偏爱提炼光辉灿烂词句的诗人不同，特瓦尔多夫斯基“炼诗”时抛弃的是一切金碧辉煌的“杂质”，提炼出的是生活中最朴实的诗意。读特瓦尔多夫斯基的诗，我们会惊讶地发现：原来在平凡生活平凡语言里也有这么多诗！他虽在反映时代脉搏方面与马雅可夫斯基相似，但在诗风上与马雅可夫斯基相反，他从来不像马雅可夫斯基那样用诗争奇斗巧，诸如隐喻、假借、奇特的联想以及奇句险韵等手法，特瓦尔多夫斯基几乎是从来不用的。我们知道，用“平凡”文字写诗比用美丽文字写诗更难，因后者可以借助“诗歌语言”引起“这是诗”的感觉，前者却只能依靠诗的内在本质，一点也无法讨巧。这不是说特瓦尔多夫斯基不注重诗歌技巧，他主张的是：诗的最高技巧是使人感觉不到技巧的存在。

每个诗人都有自己的缪斯，特瓦尔多夫斯基在《落户口》一诗中为他的“平易近人的缪斯”申请落户。在此诗中，诗人用了一系列虚拟的语气“但愿……”表示希望这位缪斯受到家家户户的接纳，并且“但愿每户人家的反映都是爱，而不是恭敬”。如果到了那一天，那么，诗人说：

在这月光普照的世上啊，
我自己也就落了常住户口。

尽管诗人的“但愿……”用的是虚拟式，但这其实早已不是虚拟，他的缪斯早已家喻户晓，诗人特瓦尔多夫斯基也在世上落了常住户口。

“一切都将逝去，唯有真实留存”

特瓦尔多夫斯基的最后一部作品——长诗《凭着记忆的权利》作于1966—1969年。这部诗又一次深深触及严酷的记忆和普通人的命运，这次触及的还是封禁的记忆——大批被划为“人民之敌”者的命运和“人民之敌”的儿子的命运。在这些人中也包括特瓦尔多夫斯基的父亲和他自己。老特瓦尔多夫斯基——那靠抡铁锤和分期付款买下一块荒地的铁匠，虽从未剥削过他人，却在20世纪30年代集体化运动中被划富农而遭清算，家产没收，房子被烧，家人被流放到苦寒的北乌拉尔地区。特瓦尔多夫斯基被迫“在革命与父母之间选边站”使他终生负疚。后来诗人有了成就，转学到莫斯科并给他的小家庭争取到一间九平方米的宿舍，这时他才得以把被流放的家人接回，住斯摩棱斯克他腾出来的宿舍。特瓦尔多夫斯基在长诗中剖析了斯大林时代“儿子不为父亲负责”的公式（意思相当于中国人说的“黑七类”子女属于“可以教育好的子女”），诗人沉重地指出：不！儿子要为父亲负责，——每个人要为全国土地上发生的事负责。特瓦尔多夫斯基当年虽自己侥幸逃脱流放，但作为“富农之子”，且因不能和家庭彻底“划清界限”屡遭批判。在后斯大林时代他多次申诉要求改正错划的富农家庭成分，都遭驳回，直到他和他父母都去世许久后的1996年才得到改正。

诗人触及的是记忆的禁区：

叫你忘却，忘却而沉默，
把活生生的往事沉入忘河。
让波浪在上面闭合，
把往事永远淹没。

然而诗人无权埋没记忆，无权躲在禁令的幽灵背后保持沉默。因为在某些时候，“就连沉默也是说谎”。特瓦尔多夫斯基的诗笔不能只写大吉大利而要写真实，要写那由于令人尴尬而早已被心安理得地忘诸脑后的真实，写人的痛苦与尊严。

《凭着记忆的权利》于1969年在《新世界》排出清样后被禁止刊登。这时，特瓦尔多夫斯基及他主编的《新世界》已成为围攻的靶子，受到官方报刊和作协严厉批判，直至特瓦尔多夫斯基被击倒。岁月流逝十八年后，《凭着记忆的权利》才于1987 年在《新世界》和《旗》两家刊物上同时刊登并引起热议。这里从报刊引用一段高尔基文学院副院长西多罗夫的评论：

“30年代至60年代的苏联诗歌具有一股强大的悲剧力量。任何精神上和肉体上的迫害，任何对国家权力的崇拜，都无法摧毁这股力量。俄罗斯的公民诗歌、悲剧诗歌、大无畏诗歌的主线，作为文化和人道主义的精神上的红线，保存了下来。

“自白式的情节本身和作者的沉思，赋予这部不长的叙事诗以史诗气息。长期以来缄口不谈的苏联历史上的某些篇章，由艺术家凭着记忆的权利，在生者与牺牲者，特别是在牺牲者的监督之下，再现出来。

“像特瓦尔多夫斯基这样一位巍巍诗人，个人的主题，子辈良心的主题，不可能不升华为概括的旋律。可以说，有许多许多人，那些长期以来被剥夺了在公众面前自白权利的人，在特瓦尔多夫斯基的叙事诗里开口说话了……”

历史回应了特瓦尔多夫斯基的预言。诗人1968年在抒情诗《时间，它最喜欢报复》中说：时间能撤销某些权利、某些荣誉，用高速熨斗熨平它们的痕迹。可是时间却对付不了一句诗。有时，时间用了全身解数，看来已经把诗从记忆中删除，并且用报纸和广播宣布了这一战果……

但是且慢。
岁月匆忙，——
有一天，时间一不留意，
一脱口就说出了这首诗的
诗行。

如今在他的家乡重建了特瓦尔多夫斯基少年时代故居，诗人的弟弟伊凡身为作家兼手艺高明的细木匠，按原先式样制作了故居全套家具。州府斯摩棱斯克市中心有诗人和焦尔金对谈的雕塑。2013

年，在莫斯科《新世界》编辑部原址旁的基督受难花园道也竖立了特瓦尔多夫斯基铜像，离普希金铜像不远。这处花园道是市中心的一处绿化带，长五百多米，宽一百多米，是当年特瓦尔多夫斯基常常散步的地方。不同于一般铜像气概轩昂的姿态，诗人形象似在承担和忧虑下低眉沉思，而雕像底座上镌刻着诗人的诗句：

我们在永恒中能互相听见，
并互相辨认出彼此的声音。
不论这联线是多么微细，
自己人之间总能心心呼应。
后代朋友，你听到了吗？
你能不能为我的话作证？

飞白，1987年初稿，2020年春改定

附　记

这本书的译和编已经历了六十五年沧桑，提起来连自己都有点难以置信。

那是在1955年，反法西斯战争胜利十周年之际。当时我担任的是军事翻译，苏联援华专家、广州军区首席顾问乐维亚金将军向我热情推荐特瓦尔多夫斯基的名著《瓦西里·焦尔金》，告诉我这部长诗战时在军报连载而传遍每个战壕，深受红军将士喜爱。我的译本在中国青年出版社出版后也大受欢迎。此时经诗人郭小川介绍，我与作者保持了友好通信。

接着我应人民文学出版社邀约，续译了特氏长诗《春草国》和尚在写作中的《山外青山天外天》，后者根据的是作者所赠十一章本，其中包括反思文学问题的“文学闲话”和反思冤狱问题的“童年的朋友”等章。1960年特瓦尔多夫斯基出版该书最终定稿的十五章本，包括评点斯大林的一章“有过这样的事”。考虑到当时中苏分歧的现实，我对出版社表明“本书现已不宜在我国出版”。结果是人民文学出版社用“作家出版社”的牌子，于1961年将《山外青山天外天》作为“反修批判资料”内部出版（作者新增部分由责编补译补足）。这是被俗称作“灰皮书”和“黄皮书”的禁书系列之第一本。“灰皮书”“黄皮书”不公开发行，只供高级干部和理论界参考。

“文革”中此书流入社会，读者争相传阅但难得一见。“文革”结束后诗人绿原出任人民文学出版社副总编，特约我编译《特瓦尔多夫斯基诗选》二至三卷本，包括当年特别引人关注的《山外青山天外天》。我基本完成了选译工作，将《山外青山天外天》也补成了全译本，但因工作繁忙尚未及交稿，而绿原已于1987年卸任。我便将译稿转给湖南文艺出版社主持“诗苑译林”丛书的好友杨德豫，德豫很想出，可是时过境迁，20世纪90年代读者对诗的热情退潮（尤其是这种带政论性质的诗），在他任期内也未能实现。经辗转交接寄递和飞白的多次迁徙，译稿下落不明。

因其在俄罗斯文学史上的重要地位，此次四川人民出版社再向我提出《特瓦尔多夫斯基诗选》选题。经多方搜罗旧稿和再次补译若干，这次编成了一卷本。篇幅缩小倒不太可惜，经过了几十年岁月的淘洗本应编得精练些了。特氏的长诗和抒情诗都很著称，但长诗太占篇幅，这次仅选一部最经典也是最受欢迎的《瓦西里·焦尔金》。此外从《山外青山天外天》和《凭着记忆的权利》中选入个别关键章节以窥一斑。

因中间隔了一个“文革”，特瓦尔多夫斯基给我的书信和赠书荡然无存。记得他在赠我的《近年抒情诗抄》书前题写着：“飞白：遗憾我还没到过中国，感谢你的劳动，使焦尔金能和中国人民见面，这就像我到了中国一样。”

诗人1971年的过早离世，使他生前和我终于未能实现期待中的会面。我只能在2000年的还愿之旅中，来到以岩石为无字碑的特瓦尔多夫斯基墓前，向这位坚持“记忆的权利”和书写真实的诗人致默默的问候。

目　录

诗　选

1927—1969

渡口船工

波浪层层，不缓不急，
向远方河湾之后流去……
不知他在此已多少年头，
更不知缘何来到此地。

滚滚河水不倦地流，
他一生横向与它搏斗。
须发斑白和浪花一色。
有何出息？何时出头？

别人的白发就是保证，
稳稳地象征着舒适安宁，
这里却只有对渡船的召唤，
不分白昼或夜深人静。

一听招呼就赶紧去接，
或是载客，或是运货……
过路人说：
——这才叫生活！
在渡口生活真叫不错……

没有房子，也没儿孙，
栖身于简陋的窑洞。
垂垂老矣……再等几天，
人们在渡口将再叫不应。

那时还有谁会怀念？
更别说留下什么名气：
就像渡船在水面划过，
他在生活中不留痕迹。

1936

头　巾

漂泊了五年不得意，
今天终于回归故里。
一步步走近自己家门，
须发斑白，一身破衣。

背囊倒不是囊空如洗，
毕竟还备有一件薄礼：
给老婆带一块花布头巾，
表一表为夫一点心意。

不知是他在哪儿集市上
趁人挤顺手牵羊摸来的，
还是在铁矿突击队里
干突击活获得的奖励……

猛不防瞥见村口路边，
在此穷乡僻壤的小店里，
这款头巾竟多如山积。
情绪顿时沉入谷底。

1936

路

电线杆、岔路口、小村庄，
青青树丛、滚滚麦浪，
一排排新栽的白桦，
一座座新架的桥梁。
田野转着大圈往后飞奔，
电线拉长嗓子曼声歌唱，
扑面的风啊又急又浓，
像水流般使劲冲洗车窗。

1936

老　歌

这是一首往日的老歌，
我可是一点也不记得。
你来听听吧，我的妈妈
米特罗芳诺芙娜。

从唱片上的针尖下
忽然升起悠扬歌声，
那是姑娘们和媳妇们
歌舞祝祷麦收丰盛。

只见你突然一哆嗦，
这歌唤醒了昔日时光……
地边的黑麦穗低垂着，
麦田里滚过层层麦浪。

炎热的地里，孤孤单单，
你整天弯腰割呀，妈妈，
整片麦田，要一把把割完，
一个麦穗也不剩下。

农妇的歌，农妇的活。

手里渐渐握不动麦镰。
一个婴儿怯怯的哭声
从远远的地头传来耳边。

年轻的妈妈忙跑过来，
在晒热了的草垛边坐，
你俯下身来，向着我
忘情地唱起这首歌。

田野寂静，昏沉炎热。
黑麦熟了，不敢耽搁。
……你怎么哭了？是为这歌，
还是为那困苦的生活？

或许是，为儿子长大了，
再不能把他抱在心窝？……
桌上的留声机还在唱着，
年老的妈妈无言默默。

1936

一阵急雨突然袭来

一阵急雨突然袭来，
你却跑向门外小路，
要用黝黑的小手抓捕
并带回第一滴雨珠。

成天里为游戏而忙，
我快活的亲爱的小姑娘，
你成长得喧闹而幸福啊，
自己却想也不曾想。

你在草地上追逐皮球，
你灵巧地爬到我肩上。
你一头淡金色的鬈发
散发着火热阳光的芳香。

苦楚荒凉的童年时日
悄悄地唤回我的记忆，
我看着我亲爱的孩子
带一丝羡慕，一丝愁意。

我吻了你不知多少回，

哪怕你是一身沙土一身灰。
我老想跟你说点儿什么，
可是小女儿呀，我又不会。

1936

给母亲

新叶发出的第一阵簌簌，
繁露上显出的绿色足迹，
小河边孤单的捣衣声，
牧草散发的忧伤气息，
农妇的歌在夜空中的余音，
或者单单是天——蓝蓝的天，——
每次都唤起我对你的思念。

1937

雨　前

路边橡树郁郁苍苍，
干硬的叶片沙沙作响。
干渴疲惫的大地之上
一场久盼的雨在酝酿。

趁远道而来的海风，
受宏伟力量的驱动，
巨大的乌云爬升天空，
渐渐长成巍巍高峰。

一阵阵吉祥的雷声
沿天边滚动，传自远方。
一股成熟夏季的味道，
新鲜的牧草，新的麦香。

乌云渐渐把大地覆盖，
暗黑的羽翼在不断扩大。
大颗的雨点开始滴落，
这边，那边，随意挥洒。

突然降温的地面上

是一片警觉性的静默……
只有一辆空载货车
在空荡荡的路上冲过。

1937

一　瓦

老炉匠一瓦死了。
老头儿筋骨本来还很好……

他在世爱说又爱笑，
烟锅儿一天到晚烟直冒，
吃吃喝喝他倒不看重，
烟草却断断不可少。

他见了我总是乐呵呵地
请我抽点儿上等烟草。

“喂，”他说，“客气啥呀，
够朋友，就抽两口。
抽点儿我的尝尝吧，
我的可不比你的差。”

他对谁都那么殷勤，
他对谁都那么尊敬，
每次他要请人抽烟，
实在令人难却盛情。

能说能笑的一瓦死了，
他在世烟瘾可真不小。

不知道是真还是假，——
传说他临终说了两句话：
“乡亲们，再见再见，
我这辈子总算抽够了烟……”

好像他就靠抽烟出名，
好像他这辈子算是白过，
活了这么多年，让人追念的
却只有烟袋和烟锅。

不，一瓦没有白过一辈子，
在世上也不是光会抽烟。
只是他为人忠厚不吹牛，
活得平凡死得也简便。

老师傅一瓦手艺高强，
他对荣誉也很珍惜。
我们乡里多少炉灶——
哪个不是老一瓦双手砌？

每当他砌好了新炉灶，
每当他生上火苗来检查，
他总按照惯例，乐呵呵地

对主人说这么一番话：

“来吧，生上火，烤馍馍，
一家和气又快活。
至于炉灶由我负责：
包用二十年不会破。”

“下地劳动要勤干活，
家里吃饭团团坐。
至于炉灶由我负责：
包用二十年不会破。”

“望你们日子过得更兴旺，
争取光荣扬名全国。
至于炉灶由我负责：
包用二十年不会破。……”

他每天砌了新炉灶，
总要把炉台抹得光溜溜，
这位心直口快的老头儿
就在泥水活里打发年头。

真是谁也没有料到，
老头儿竟突然死了。
能说能笑的一瓦死了，
他在世烟瘾可真不小。

他死得匆匆忙忙，
简简单单地毫不铺张，
使人以为他只是出门一趟，
以为他还活着，和往常一样。

大家常常想起一瓦，
大家常常借用一瓦的话：
“抽点儿我的尝尝吧，
我的可不比你的差。”

每当天寒地冻的早晨，
家家户户兴旺的屋顶上
一柱柱青烟冉冉上升。
窗外的冰雪越是凶恶，
家里的炉火就越是暖和，
这日子呀，过得蛮不错。

1938

我们还缺乏生活经验

我们还缺乏生活经验，
懵懵懂懂不知好歹，
以为我们两个无缘，
就这么地打算“掰掰”。

你忘带东西又回来找，
匆匆忙忙打个转，
顺手却又把炉子生着，
离别时刻留点温暖。

桦树皮引火着得快，
木柴燃得噼噼啪啪，
温暖让你舒开心怀，
说出一句真情话。

如今我们已经学会
好好把爱情守护。
一察觉有点儿不对，
马上就生个火炉。

1938

折腾过后，我的儿子睡了

折腾过后，我的儿子睡了，
双手扬起搁在头边，
好像是壮士睡在草地上，
节日里饮酒饮到半酣。

他双颊泛起红晕，
嘴唇稍稍有点发干。
他睡着，再健康也没有，
他的生命何等饱满。

我知道，他就要长大成人，
我相信，我愿意相信：
要把大山搬到大山上，
他也有力量一肩担任。

亲爱的祖国的儿子啊，
我和我女友的儿子，
你的勇敢、力量、忠诚
将会超过许多名人。

使我伤心的只有一件事：

尽管你有这么大的名气，
我却只能作为父亲，
因生了你而闻名于世。

但我相信，我的继承人
你将来会知道的：
我就凭自己，凭我本身，
也曾在世上留过脚印。

干事业就得像一回事，
每人的疆界都无限制。
哪怕和你比个高低，
我也想试试！我的壮士！[①]

1938

---

① 诗人之子不幸幼年夭折，此诗为悼儿之作。作者生前没有发表。——译注

战友的故事

沿着破坏的道路，
经过损毁的村庄，
我帮扶着我的战友
按星星指引走向东方。

他走不动，他流着血，
有颗子弹在胸膛内，
他不断说：“扔下我吧，
别再把你拖累……”

假如负伤的是我，
在这生疏地形上跋涉，
到那时刻，凭良心
我肯定也会这样说。

假如是他搀着我走，
帮扶着同志战友，
他肯定也跟我一样，
说什么也不能丢……

我们钻树丛和麦茬地，

有时也在沟渠里走，
用手掌掬点儿水，
润润枯干的咽喉。

忍饥挨饿不必提，
那还不算最难受，
更缺德的是没烟抽，
这可真叫别扭……

碰上“发财”弄到火，
就卷些赤杨叶代替，
这是童年夜间牧马时
我们学会的手艺。

恐怕要另等高明者
比我说得更到位，
在自己国土上躲躲闪闪，
摸黑走路是什么滋味。

叫你怎能提振心情，
如果时刻要躲进暗影，
在俄罗斯村庄附近
却听到敌人的语音。

在深秋的冷雨下，
藏身湿漉漉的麦秸垛，

背靠背地睡着了，
像狗一样浑身哆嗦。

一声簌簌，一声咔嚓
都会立刻把你惊醒……
我记得我们藏身的
每一处灌木丛。

我记得每一家
给我们庇护的人家，
记得每位大妈的面容，
如同自己的妈妈。

她们给我们分享
小麦面包、黑麦面包，
她们领我们到荒野
走不为人知的小道。

乡亲们痛我们之痛，
全不顾自己安危。
女主人很多，但故事
讲的是特殊的一位。

“留下吧，”她拉着
我战友的手不放，
“你的伤口太危险，

一定要在我家养好伤。

不然路上病倒怎么办，
还面临冬天让人忧。
留下吧。”但战友说：
“不成，我还是得走。”

“不要走，这里偏僻，
独户女人家不引人注目。
遇上有什么风吹草动，
我一口咬定是我丈夫。

今年收成好，我家里
存有余粮和腌肥肉。”
我的战友叹了口气：
“不成，我还是得走。”

“那你走吧……”她赶忙
起身去找些内衣给他，
但心中赌气，一双手
不论干什么都抓了瞎。

把煎锅大声搁在桌上，
我们吃完早餐后，
我的战友欠起身来：
“我还是得走。”

女主人看了他一眼：
“再见了，多保重，
但对我千万别多心……”
这儿她突然哭出了声。

她光着双脚坐着，
胳膊肘支在窗台前，
如此哀伤，如此眷恋，
叫人不禁要往回转。

我们已踏出了门槛，
但我从此再也难忘
那双孤苦伶仃的赤脚，
那倚着窗台的形象。

尽管是泪水纵横，
丝毫没掩盖她的美色，
少女的嘴唇更动人，
泪珠使双眼更明澈。

还加上她试图用双手
遮掩自己火辣的脸。
且叫别人来描写，
要离开那台阶有多难……

我觉得他俩都可怜，
但是我又能怎么办？
在战场上，年轻女子
想抓住自己的缘。

想在自己木屋里
紧紧抓住自己的缘，
悉心看护，照料体贴，
从此留在自己身边，

从此夜夜有人伴，
——我这样对我战友说。
回顾我的战友呢，
他一言不发，只是沉默。

是啊，有缘归有缘，
但战士有重任在肩：
不是回应女人的期盼，
而是听从前线的召唤。

我们穿越丛林处处，
蹒跚、跋涉、爬行、匍匐。
没在野外遭遇大雪，
也没被敌人截住。

我同伴的胸部重伤

被战士的顽强克服。
回看我们的来路
这时已被冬雪盖住。

如今这条伤心路，
一处一处，一地一地，
我们再重新往回走，
但如今是全师在一起。

尽情跳动吧，我们的心！
现在轮到了我们。
野炮、牵引车、骡马大车
和坦克一齐前进！

前进——天气从没有
如此艳阳高照！
前进——终于盼到了
久盼的今朝！

如今的路只有一条——
向前，干什么都好，
向前，肩膀不痛了，
靴子也不再磨脚。

如今人人无不奋勇，
摩拳擦掌求战好胜。

向后的时候需要战士，
向前的时候任谁都行。

途中休息，躺在身边的
不论是谁人都亲热。
“喂老乡，掏出烟来！”
“我这儿有呢。你点火！”

老乡，伙计，兄弟，好友，
人人都那么友好。
可是一同跋涉向东方的，
那才叫患难之交……

虽然遭战火洗劫
到处都留下了印迹，
虽然大地被烧焦，
到处都满目疮痍，

但是难忘的地点啊，
就像是自己的家乡。
我的战友发问了：
“哪儿是那个村庄？”

我没出声，他住了口，
话头就这样打住。
但我自己也能续一句：

哪儿是那所木屋？

哪儿是那处台阶？
哪儿是那个宅院？
还有那泪水纵横的脸，
连我都时而梦见？

野战伙房在纵队中
一路上冒着烟。
沿着战斗的道路，
两旁村落点点。

房屋都已残缺不全，
自去冬就无人住。
而我们在那些人家
曾经住宿，曾经果腹。

我俩东张西望，
辨认着村庄、房屋，
许久前这里的乡亲
给过我们庇护。

待我们如同亲人，
夜里秘密生起火炉。
为不打搅我们休息，
静悄悄赤脚走路。

然后在痛苦和祷告中
日夜把我们苦等……
而如今在老地方
只剩炉灶和半根烟囱，

傍着一摊废墟，
揭下的半边屋顶，
以及几个圆形的
半盛黑水的弹坑。

站住！就是这处
充满亲情的木屋，
我们在此见到了她，
又把她遗弃此处。

送别时刻，她用双手
把自己的脸捂住，
送别你：保卫者，战士。
你站住！看看清楚……

让这剧痛像匕首
深深扎进你的心房。
站住看清，你将会
更快地走向前方。

向前，为了撤退途中
帮助过我们的老乡，
为每处亲人的房舍，
为每瞥亲切的目光。

为了那女主人给的
每一口吃的每一口喝的，
为了她的爱情，老弟，
尽管来得那么不合时宜。

向前，为纪念那次相逢，
纪念那离别的时刻……
“只有向前，老兄，
前进，”我的战友说……

他哀哀地哭，当兵的
哭他心爱的姑娘，——
他并非丈夫或兄弟，
就连情人也算不上。

这时我想：“哭吧哭吧，
我们俩情同手足，
这时刻我必须挺住，
这时刻我不能哭。

而假如是我，在此刻，

突然失去了控制，
那么战友也会挺住，
这就叫友情支持……”

两个好友，两名战士，
在此地默默伫立。
然后又上了路。继续
向西。向西到底。

1941—1942

还开着花呢——花也可怕

还开着花呢——花也可怕，
在烧光了的废墟上，
地面覆盖着白花，白花，
也有粉红夹杂，
恰像黑土的伤口上
敷着血迹斑斑的棉花。

一只鹤。一根孑遗的烟囱。
村外一片死的杉树丛。

这儿那儿，火后残余
一两株杉树，树顶孤立，
四面竖着些树干树桩，
像割过的麦茬参差不齐。
村口外，篱笆旁，
一座灰色小教堂，

还有剩下的一个屋角，
麦秸，柱子，残砖。
炸弹留下的纪念——
一个深坑在村子中央。

1942

父与子

也许，这一切全是
野战邮件的误传：
他已被列入阵亡名单，
如今竟突然生还。

他活着，还荣归故里，
向全家人报个喜！
但周围都是别家人，
“怎么不见我的妻？”

“她等了你很久很久，
战争长得没有头。
到末了她叹了口气，
跟了你的老朋友。”

“那么他呢？我们俩
有什么话都好讲。”
但是人们回答他说：
“他已牺牲在战场。

你那口子经受不起，

被再次重击击溃，
躺在病院，她的记忆
只剩下一片漆黑。”

当兵的这时刻似乎
已经是有气无力，
他的声音细若耳语：
“我的女儿在哪里？”

人们有心帮他一把，
却苦于不敢撒谎：
“这冬天学校遭轰炸，
她在教室被炸身亡。”

当兵的呀，你还不如
不从战场来探家！
但是他再打起精神，
问一声：“儿子在哪？”

“你儿子活着而无恙，
独自一人等着你。”
父亲于是拥抱了男孩，
就像一对亲兄弟，

就像是生死之交，
就像是患难之盟，

“不哭！”男孩喊道，
“你不可以，你不能！”

而他自己却把小脸
埋进了父亲肩窝。
“带上我，把我带走，
让我跟你一起过！”

“好的，孩子，我就带你
上前线参加战争，
跟着部队，我们的团
就是我们的家庭。”

1943

柏　林

正值胜利狂欢高潮之时，
哪里还顾得选择用词……

昨天还只是鼓动文字，
今天已化为刺刀之重。
此刻我写下每一行诗，
心里都既快乐，又惶恐。

我只能用最早几句话
抒写这盛大的庆典，
祖国母亲，原谅我吧！
此刻不要责我太严。

我写，只是尽我所能，
在这激动失语的一分钟，
在礼炮声中，当所有火器
正对空开火，枪炮齐鸣。

我和你的平等的儿女们
一同，一同泪落纷纷，
欢乐的眼泪呀泪落纷纷。

祖国啊，我们攻克了柏林！
柏林！战友们哪，柏林！

1945年5月2日

田野上处处春水流淌

田野上处处春水流淌，
在这遥远的异国他乡，
大地逢春散发的气息
与家乡熟悉的味道一样：

这是春水的味道，突然，
意外地还嗅到一种小草，
是最寻常的无名春草，
也长在我们莫斯科近郊。

要是相信自己的感受，
真的会陷入错觉，仿佛
世上根本没有这些德寇，
没有遥远的距离和年头。

简直难以置信：难道当真
在我们离家后，在远方，
我们的妻子已经衰老，
我们的子女已经成长？……

1945

战后之冬

车厢里有股冬季马厩味道，
铁桶咣当咣当在地上跳。
角落里有个七老八十的婆子
就着雪糕在啃面包。

连车厢过道都被人塞满，
人挤人包挤包，侧着身站。
一名伤残荣军醉醺醺地
高歌海军陆战队的剽悍。

1946

有回我想到一个选题

有回我想到一个选题，
打算有空时写个故事。
没料想得了病躺在床上，
焐着个枕头虚度时日 。

我对自己那个选题
倒也不惋惜，这么想着：
人都要死了，谁顾得上呢?
尽管那次并没有死，
选题却干脆给忘了。

选择事业啊，要选这样的：
它能不断地产生力量，
跟它一起能把死都忘了，
哪怕已走到坟墓边上。

1946

我战死在勒热夫城下

我战死在勒热夫城下，[①]
在无名的沼泽地，
在五连，在左翼，
在猛烈的炮火急袭里。

我没有听到那声爆炸，
我没有见到那次闪光，——
只像是从悬崖跳下，
落入了无底的茫茫。

从此在这个世界
永不再有我的一切，
哪怕是战士服上飞出的
领章、肩章的残屑。

我——在盲目的须根
黑暗中寻觅养料的地方，
我——在麦浪滚滚

---

① 勒热夫是莫斯科外围重镇，二战中，1942至 1943年苏德两军为争夺勒热夫突出部连续激战，战况惨烈，双方各战死数十万人。——译注

卷起黄尘之云的山岗，

我——在露水沾湿的
公鸡报晓的啼声里，
我——在你们的汽车
在公路上撕裂的风里，

在那里，草茎缠绕，
溪流纺织着青草，
在那里，即便是母亲
也不能前来凭吊。

活着的你们请算一算：
自从前线上初次提起
斯大林格勒的名字，
至今已有多少时日？

战线烧啊，烧个不休，
像一道刀砍的伤口。
我战死了，不知道
勒热夫终究是否失守？

不知在顿河中游
我们能不能坚持？
这个月啊多么可怕，
一切都孤注一掷。

难道说还未到秋天，
顿河就已经失陷，
他们的“摩托化”
已进抵伏尔加河畔？

不，这不是真的，
敌人做不到这一步！
不！否则，即便是死者，
叫我们何以自处？

死者已不能发言，
只有唯一的安慰：
我们为祖国而死，
却救了祖国之危。

熄灭了，我们的眼睛，
熄灭了，燃烧着的心。
世上点名的时候，
呼点的已不是我们。

要佩戴战斗勋章，
我们已没有了机会。
这一切都归你们活人，
我们只有唯一的安慰：

我们为祖国母亲
付出的一切没有白费。——
虽听不见我们的呼声，
但你们应该能领会。

兄弟们，你们应当
屹立如一座长城，
因为如遭死者咒骂，
这将是可怕的严惩。

这项威严的权利
永远赋予了我们，
这项苦味的权利
永远由我们持存。

那是四二年夏天，
埋了我，而没有坟。
此后发生的一切
都漏掉了我的一份。

你们习惯现有的一切，
你们对它一清二楚，
而我们只望这一切
与我们的信念相符。

兄弟们，也许你们

不仅丢失了顿河，
而且已在后方纵深
浴血保卫莫斯科。

也许已在伏尔加彼岸
仓促地掘壕守卫，
也许你们且战且退，
退到了欧洲边陲。

我们只求知道这点就够：
沿着战斗的道路，
要有（一定要有）
最后的一寸土。

那最后的一寸土
如果竟然失掉，
那么再往后一步，
已经无处落脚。

在那条纵深线后，
就在你们的背后，
铁工场的炉火
映红乌拉尔山沟。

也许你们已经反攻，
迫使敌人向西后撤，

也许你们，兄弟们，
已经收复斯摩棱斯克？

也许你们正在
粉碎敌人新的阵地，
也许你们已经
步步向国境线进逼。

神圣的誓约要完成！
记得吗？兄弟们，
还在莫斯科城下
我们已经提到柏林。

兄弟们，当你们踏到
敌人国土的堡垒上，
死者多么希望有权利
哪怕是痛哭一场！

如果永远聋了的我们，
如果永远哑了的我们
能被胜利的礼炮
唤醒短短的一瞬，

忠诚的同志们啊，
只有在那个时刻，
对你们的无比幸福

你们才能完全懂得。

在这幸福中有我们一份，
与我们血肉相关，
有我们的信念、爱与恨——
纵使被死亡截断。

我们的一切都在其中啊！
我们在苦战中没耍滑头，
我们的一切都已献出，
丝毫没给自己保留。

这一切，都永远地
拨到了你们名下。
但死者想象的声音
不说责怪生者的话。

兄弟们，在这场战争中
咱们命运与共，
不论是生者、死者，
本来一律平等。

生者在我们面前
什么也不欠我们，——
如果他们从我们手中
接过旗帜，跑步前进，

准备为正义事业，
为苏维埃政权
前仆后继，也许就倒在
距我们一步之遥的前面。

我战死在勒热夫城下，
他战死在莫斯科附近。
而你们如今在哪里，
你们，活着的战士们？

在人口百万的城市里，
或在农村，阖家团聚，
或在遥远的驻军，
远离我们的土地？

不管在家乡，在异域，
在花原或是在雪国……
我给你们的遗赠是：活着，
此外，我还能做什么？

我给你们的遗嘱是：
在人世过得幸福，
并且忠诚正直地
继续为祖国服务。

在悲伤时要高傲，
望勿垂头丧气；
在胜利时虽狂欢，
慎勿炫耀吹嘘。

兄弟们，这是你的幸福，
请你珍重爱惜，
以此纪念你的兄弟，——
他为此而战死。

1945—1946

灾祸的来到是悄悄儿的

灾祸的来到是悄悄儿的，
它先和你搞得很亲热，
仿佛都是些不可免的事，
而且件件都非常紧迫。

忙碌、忙碌、忙碌、忙碌——
事事都把你双手套住。
这是名声带来的忙碌啊，
对它的要求岂能不顾？

忙碌支使着你东奔西跑，
诗人哪，自己没意识到：
这是灾祸悄悄儿来到——
来把一个诗人从世上勾销。

1947

在战争结束的那一天

在战争结束的那一天，
所有的枪炮齐鸣，当礼炮用，
在那隆重庆祝的时辰，
我们心里度过了特殊的一分钟。

当征途在遥远的他乡终结，
以这如雷的炮声为界，
我们才与战场上的牺牲者分手，
才作为生者与死者诀别。

在心灵深处，直到此刻，
我们从未对他们道过永诀。
我们与他们似乎仍属平等，
只有一页统计表把我们分隔。

我们和他们是征途的伴侣，
军人间情同手足，难分彼此，
我们分享他们严酷的荣誉，
我们和他们的命运相距咫尺。

只是此刻，在这特殊的瞬间，

满怀着悲哀庄严的情感，
我们才永远和他们分开，——
阵阵排炮把我们分到两边。

怒吼的钢管在向我们宣告：
我们已不再被列入阵亡名单，
于是，在硝烟弥漫中去远了——
那站满了战友的彼岸。

当礼炮的声浪把我们带走，
当隔开我们的岁月越积越厚，
他们沉默着，噤口无言，
甚至不敢向这边挥手。

我们为自己的命运惭愧不安，
就如此，在节日里告别了战友，——
他们中，有的在战争最后一天
还曾与我们并肩战斗；

有的沿着战争的伟大道路，
刚刚来得及走到中途，
有的在伏尔加河边的战地，
就被淤泥包围了坟墓；

有的早在四一年严冬，
在距莫斯科仅咫尺之处，

倒在城郊前沿阵地上，
以深深的积雪为被褥；

有的牺牲时，甚至不能指望
神圣的安息将得到维护，
唯有自己人的手，在离去前
给他们撒上一小堆黄土。

我们告别全体。不问命运好坏，
有的生前已升到将军军衔，
有的还来不及升到军士，——
给他的时限是如此之短。

我们告别了全体逝去的同志——
军旗曾低头向他们致哀，
用伟大的阴影将他们覆盖，——
告别了全体，没一个例外。

排炮声静了。
　　　　　　时间飞逝。
自从我们与他们告别之时，
白桦、杨柳、槭树、橡树
已经叶绿叶黄了多少次。

树林不断地长出新叶，
我们的儿孙也成长不歇，

但不论什么庆典的隆隆礼炮
总使我们忆起那伟大的告别。

并不是因为有约在先，
我们有永远纪念的义务，
也不是因为，也不仅因为
战争的风还在呼啸不住，

而已化作一掬尘土的他们
正以不朽的事迹为我们指路。
不，即便说那次战争的牺牲
在世上已从此绝迹永不重复，——

我们怎能把他们弃在远方，
自顾自
　　　过我们的幸福生活？
怎能不用他们的耳朵听世界，
怎能不用他们的眼睛看山河？

当我们沿着命运的小径跋涉，
在走完人生历程的最后时刻，
我们怎能不在心底揣摩：
他们是赞许，还是谴责？

我们非草木，他们非草木。
我们间的纽带不会消除。

不是受死者控制，而是血肉情谊[①]
使得死神的管辖也要让步。

向你们——在那次世界大战中
为我们的幸福倒下的你们，
我唱出我的每一首新歌，
向你们啊，与向活人完全同等。

你们听不见、读不到我的歌，
一行行诗句躺着默默无声。
但你们是我的，咱们曾共同生活，
你们听过我的诗，知道我的姓名。

当你们跨入永恒寂静之关——
从没有侦察员从那边回返，
你们随身带走了我的一部分——
从部队小报的版面。

我是你们的，我欠着你们的债，
就像欠着活人的债一样。
如果我因软弱而说了谎，
如果我踏到了错误的道路上，

如果我说的话自己也不信，

---

① 因作者被批判为“受了死者的控制”，故有此语。——译注

那么，不等它印行、扩散，
不等我听到活人的反应，
我先听到了你们无声的责难。

死者的裁决不亚于生者的裁决。
让这炮声在我心中终生不歇——
这庄严隆重的礼炮轰鸣
宣告着胜利和伟大的告别。

1948

严酷的记忆

像往常一样，我又感到
松林蒸腾出来的热气，
嗅到割下后刚蔫的青草，
和牧场上湿土的气息。

坡下，在瞌睡的小溪边，
在寂静的灌木丛里，
突然听得几声杜鹃——
已在为惜春而哀啼。

这新鲜的六月时分，
我从小喜爱的初夏！
仿佛是我拂晓前起身，
赶着牲口离家……

我全记得清清楚楚：
露水像泉水般凉爽，
从清晨到八九点的上午
是牧童最快活的时光；

太阳烤暖了脊梁，
懒洋洋地直想做梦，
牛虻嗡嗡的声响

驱赶得牲口躲进树丛；

还有孩子们的游戏——
把柳条的皮剥个精光，
内膜有股清凉的香气，
尝起来像微苦的蜜糖，

我能看见这童年的初夏，
就像带露草地上的足迹。
但我却不能沉浸其中，
不能光呼吸这一种记忆。

另一种记忆如在眼前，
向我争夺自己的权利：
这发蔫的青草嗅起来，
就像伪装掩体的草皮。

那股隐约微弱的气味
呼应着我遥远的童年，
但其中随即就掺进了
滚烫的弹坑的硝烟；

掺进了行军中呛人的灰，
掺进了士兵脊梁上的盐。
啊！四一年的七月，
那战火熊熊的夏天！

战争的狂涛越过国境，
隆隆滚来把一切席卷。
在那一刻，我生平第二次
失去了童年和少年，

失去了六月的记忆，
失去了我记忆的宝藏。
而同龄人失去了童年、少年
以及一切，——一切都落在战场。

我劳动，生活，一天天老去，
对生活我将永远珍惜，
但不敢再抱昔日的欢乐
放眼望田野和草地，

不敢在白蒙蒙的小路上
打落新生的点点露珠。
不论我眼望何方，走向何处，
严酷的记忆总呼之欲出。

我的心灵啊，看来将永远
承受这巨大的记忆之痛，
只要世界上战争之灾
尚未一去不返，永远告终。

1951

湖那边

湖那边手风琴久久地唱，
仿佛是在柔声埋怨，
抱怨这郊区早入梦乡，
心中却不愿转回家园。

湖那边青春在哀怨，
青春的酒浆溢出了杯沿。
这嫩绿的青春啊，战争之火
曾烧焦过她的童年。

本以为这青春已不会来，
一到日子，她却翩然而至，
要生活，要追求，要闯，要爱，
一切啊，一切都重新开始。

就是这青春在哀伤，——
啊，这是多么可羡的幸福！
当甜蜜的、短暂的哀伤
把年轻的心房轻触。

可羡的幸福——在湖那边，

在圆形舞场上舞已跳倦，
双双对对坐在长凳上，
浮现出感激大家的笑颜。

湖那边老公园双双倩影
在黎明前青雾里流连漫步。
哀伤的其实只有我一人，
而我，也自有特殊缘故。

1951

上路之前

面对书桌上尘封的杂物堆，
我忽然想弄得它秩序井然：
把多余的撕掉，另一些呢，
摘抄进笔记本，归入“案卷”。

好吧，是一切都已临近结束，
我不想给朋友们留下麻烦？
还是我又一次想登上旅途，
选定了路线，却暂时秘而不宣？

要不，就是站在岔路口嘀咕：
走哪条路才能找到欢乐之光，——
这欢乐，也许我能向你献出，
但也许，我不具备这力量？

上路之前我带上各种指南，
我愿接受一切教导和提醒。
可是我保留最后决定权，
谁也不能代替我做出决定。

我怀着隐秘的激动下了决心，

承担一切后果的——就是自己。
干吧，有条有理，胸怀深情，
扫清了工作场地，立即动笔。

可是在坚忍不拔的工作之时，
我有个最大需要，我不瞒你：
请你陪着我，哪怕以通信方式，
陪我一起相信我能胜利！

1951

落户口

在全苏联的各种任务中，
我只求能完成一样任务：
我那平易近人的缪斯，
我希望能给她落个户。

但愿我不体验这种悲哀，
别在门前得到这种回答：
“没住在这儿。没听说过。
你怕是弄错了门牌号码。”

但愿在各处城镇街道，
只消问起她，我都能听到：
“有的有的。她是老住户了。”
人们答复时还面带微笑。

但愿老人们眼中放出光明，
你一言我一语插话议论：
“在前线上我们就跟她一起，

现在也一同回忆维亚兹马[1]和柏林。”

但愿当我偶然问起
不论是谁家的小孩儿，
都答道：
“这还用问！我们都熟悉。
还多少会背一点儿。”

但愿每户人家的反映
都是爱，而不是恭敬：
“她在这儿，住得可好呢。
要没有她怎么能行？”

到那时候，对她——我的亲人
到处都这样反映的时候，
在月光普照的世上啊
我自己也就落了常住户口。

1951

① 维亚兹马位于莫斯科外围勒热夫以南。二战中在这一线进行了长时间的惨烈战斗。——译注

你听见吗？多大的风

你听见吗？多大的风
猛烈地摇晃着橡树，
橡实敲打着铁皮屋顶，——
夜袭的炮火轰个不住。

黑暗无人的深夜
凄风苦雨在肆虐，
驱赶得那遍地落叶
犹如一生的岁月。

朋友啊，你那么遥远，
叫我如何入梦？
在此沉沉深夜里
没有你我多孤寂，
仿佛独自一人承受炮轰。

1954

题肖像

垂下的双眼瞧着烟斗，
这烟斗，全地球谁不熟悉？
还有这双忙碌的手
把火柴和烟斗凑到一起。
这双手瘦而坚实有力，
盘绕着严峻的青筋。
它们曾在艰难的年代里
旋转国家命运与乾坤。

唇上的胡髭用一片影子
遮暗了脸的下半部。
影子里有个什么字
隐藏其中尚未说出？
建议？指示？沉重的谴责？
苦味的不赞许的声音？
或是随着一句明哲的笑话
他即将抬起他的眼睛？

1952

不用花费多少气力

不用花费多少气力，
不用多少才华、气概，
就能在纸上做几句诗，
而且做得挺有气派。

或者像杉树一株，
虽然只有半边，
或者像楼梯一部，
虽然高度有限。

可是折腾来折腾去，
诗仍然在纸上停留。
正如马尔夏克[1]老头说的：
“小乖乖呀，气儿不够……”

木柴倒像是干的，
可炉子就是不着。
诗倒仿佛是诗，
但真理不见丝毫。

---

① 苏联诗人，儿童文学家。——译注

你怨人家不赞一词，
怨世界跟你过不去：
“咋不是诗？和《新世界》上
登的诗比比，一点也不次于。”

可是良心却不怠慢，
在你耳边悄悄低语：
不次于——不算啥荣誉，
不高于——这才是悲剧。

现在趁年轻，要求不高，
玩儿吧。愿上帝保佑你，
不要活到两鬓发白，
还在玩空洞的游戏。

1955

不，生活并没有亏待我

不，生活并没有亏待我，
没有把我忘在一旁，
她给我准备了富足的行装，
她给了我多少热和光！

多少令人心跳的童话，
多少故乡的民歌民谣，
多少神父主持的旧节日，
多少新节日和新曲调，

穷乡僻壤逢上新时代，
被举世瞩目的奇迹唤醒，
古老的冬日白雪皑皑，
树林后传来雪橇的啸声。

大地春回冰雪一齐融解，
到处都是溪流和汪洋，
沼泽里多少青蛙子儿，
松树皮上流着多少松香，

夏日雷雨后多少蘑菇，

青草白露中多少小路，
牧童有多少快乐和辛苦，
多少泪珠湿了宝贵的书，

多少童年的悲酸凄楚，
受人欺负，幻想报复，
多少天在学校坐不住，
光身嬉水，赤脚跑路。

还加上家屋里的暗影，
多少贫困，多少愁闷……
不，生活并没有亏待我，
不论什么都有我一份。

她给了我健康的身体，
给了我用不完的精力，
给了我永不再来的初恋，
给了我初次得到的友谊，

还有迷人的危险的诗句
和幼稚的狂想的追求，
与歌手们、聪明人们同聚，
同喝一缸子私酿烧酒，

或一言不发，或高谈阔论，
激烈的言辞，深奥的论点，

争辩着旧政权和新政权，
争辩着什么是恶，
什么是善……

生活使我永不离开人民，
使我了解人民的实情，
三〇年生活没有漏掉我，
四一年也有我的一份……

生活在我的心里
注入那么多，那么多，
简直叫人无法捉摸：
我的心承受得起
多激烈的寒战和炎热。

一路遭抨击责难小挫折，
对我又算得了什么？
当我已懂得真正的幸福
就是不要把生活错过。

不要飘然地走马看花，
不要悠闲地袖手旁观，
要用自己的整个脊梁，
来领略生活辛辣的汗。

只要把我所设想所制作的，

看作我对人应尽责任中
微不足道的一部分，——
整个事业马上就变得年轻。

这样，靠双方的保证，
一切苦斗都不觉得苦。
今后我仍然会很艰难，
但是害怕吗——
决不。

1955

没日没夜，没有休息

没日没夜，没有休息，
简直不让我喘一口气，——
我的债务紧追着我，
它对我是那样严厉。

我欠了那么多人的债，
我的生活被恐慌笼罩：
我获取的一切都是赊来，
只怕突然间偿付不了！

我欠了好意，欠了同情，
我欠了温暖，欠了爱护，
这一切注入了我的心，
让我从中尝到了幸福。

一会儿觉得我能偿还，
我能还清，一行不欠；
一会儿又觉得担子太重，
我再次要求把债务宽限。

这时我又陷入疑惑，

感到精力衰退难以振作。
人们见面问我：“怎么样？”
我却强打精神：“蛮不错……”

这种游戏使我疲倦，
这种保密使我难过，
我像在车厢里坐立不安——
当一名无票乘车的旅客。

我仿佛是个奸诈的人，
恐慌笼罩着我的心，
仿佛是我把好朋友们
吸引过来，而骗了他们。

我已无力承受这念头，
无力承受疲倦的重担。
他们恐怕就要划清界限，
突然抛下我，孤孤单单。

那时将只剩下我自己
沉没在深深的哀愁里。
没日没夜，没有休息，
简直不让我喘一口气。

为什么我命该如此啊，
日日夜夜，永无尽期？……

……但是试问你到底要什么？

难道你以为：幸福是儿戏？

1955

郊外路边的积雪

郊外路边的积雪
已经在渐渐发蓝发青，
雪水顺低洼处流去，
钻进依然透光的树林。

溪流装得若无其事，
还板着一副光滑的脸，
趁一个潮湿的夜晚
突然迸发而水漫地面。

土地在软化，融解，
却又在懒洋洋地好睡，
新草用密密的针脚
把满地旧叶细细缝缀。

嫩绿的赤杨花粉
随风飘来，温柔拂面，
仿佛昔日的梦影
来自那遥远的童年。

于是心里重又感到

时时刻刻季节更迭的新鲜，
这新鲜感不仅沉入往昔，
现在和将来仍与你相伴。

1955

死神啊，你笨了

死神啊，你笨了，光知道
用你的无底深渊来吓唬人，
而我们却已经约定好，
要在你的领域越界而生。

即便到了你的无声黑幕后，
我们仍将与活人们同在。
只要我们没有被切割分开，
就在你的管辖能力之外。

我们建立了一个连环保，
我们知道奇迹将会发生：
我们在永恒中能彼此听见，
并互相辨认出彼此的声音。

不论这联线是多么微细，
自己人之间总能心心呼应。
后代朋友，你听到了吗？
你能不能为我的话作证？

1955

文学闲话（长诗《山外青山天外天》第5章）

如果你旅行了三天三夜，
还没走完三分之一的路程，
这时候你的长途旅行啊
就成了你的生活和家庭。
车厢就是你的住宅、
你的屋子、你的大街，
它载着你穿过辽阔的原野，
几乎要横跨半个世界……

在这样的长途旅行中，
最要紧的是日子过得和睦，
要感到一切都服服帖帖，
像穿着合脚的皮靴那么舒服。

要习惯这汽笛的鸣声，
习惯这季节，气候和水土，
习惯这可人意的无线电
和那乘务员的铜茶壶……

要和你同行的人打成一片，……
只要是同坐在一个房间，

哪怕你们是头一次见面，
也要相处得像一家人一样：
瞧，这儿有我的少校同志，
头发花白，脸上泛着红光，
还有个研究科学的老头儿，
又瘦又小，精力倒挺健旺。

过道里交际的机会更多，
两三个人守着一个窗户，
正是所谓萍水相逢，
不多一会就搞得挺熟。
这儿浆得笔挺的海员制服
和软料子的西装为邻，
这儿省级的领导干部
既没有办公厅，也没有电铃。
佩着勋章的老人满面笑容，
也许在他的笑容之中
正隐藏着他响彻四方的
而不为旅伴所知的名声。
穿睡衣的胖夫人威风凛凛，
把过道堵了个水泄不通，
搞得那个讲究穿戴的
长两撇漂亮胡子的年轻人
挤不过去，站着发窘。
这儿有矿工，也有猎户，
有铁路工人，也有大夫，

又有位秃顶的搞创作的，
一起床先占领了饮品部。

在通往同一个远方的路上，
各色人等都聚在一处，
我、你、他、她，
还得算上这位衣襟上戴着
“莫斯科八百年”纪念章的神父……

只有那一对新婚夫妻
（看样子是刚从学校毕业的）
没有和大伙儿聚在一起，——
他们你亲我热，顾不上别的。
他们手挽手儿，天真善良，
傍着最尽头的那个车窗，
他和她——丈夫和妻子
一同站在世界的中央。
这一对新人并肩站着，
悄悄儿地谈着知心话。
他们这一去也许直到天边，
但是也可能只到赤塔，
或者是赤塔过去点儿的
那个不出名的莫哥查。
提起天边，咱们得闹闹清楚：
天边究竟是什么地方？——
天边哪，正是许久以来

爱情一心向往的远方。
爱情懂得比谁都清楚：
不论什么地方全都一样，
到处都既是边区，又是中央，
到处都既是近处，又是远方。
只要你有着深厚的爱情，
就经得起任何地方的风霜。
若要问什么叫作幸福生活，
你就看看这对新婚夫妻：
他们手挽手儿，无忧无虑，
带着崇高的憧憬，不计远近，
奔向祖国需要的任何地方……

咳，长途旅行可真不错：
你摸熟了自己那个角落，
摸熟了桌子、窗口和铺位，
在铁路之上高枕横卧。
这时节，你已不是原先的你，
你抛弃了原来的名气，
你抛弃了原来的生活，
如今你是一个无名无姓
无牵无挂的长途旅客。
你额角上没有任何记号，
你像别人一样抽烟、唠嗑，
这够多么快活！

可是先别忙——

你先别过于自得其乐。

尽管你万分地不愿意
在途中开讲座、做报告，
可是这份差事毕竟躲不掉：
在这儿也得为文学效劳！

因为咱们的读者群众
（不论在乡下还是首都）
都有一种共同的脾气——
喜欢和作家个人接触，
喜欢对你做一番调查，
和你谈谈文学的闲话，
而且不单牵涉到你个人，——
一开口就要追究全体作家。

这方面你们简直没有反映，
那方面也没写出什么名堂。
光是俄罗斯，作家就不少，
算起来大概在五千以上。
人虽多没干出多少工作，
生活在你们身边白白流过。
看样子你们大概只会干杯，
躲在办公室里把门一锁。
得赶快送你们去工地和农庄，
免得你们老这样脱离生活……

于是你连连点头：
“不错，不错，
确实是没有反映，
确实是我们之过……”

可是，你再听听这一位：
唉，下工厂，下农庄，——
问题的实质还不在这里。
有时候工地上人才济济，
文学家、音乐家，挤成了堆，
效果呢？老实说，微乎其微。
长篇小说事先已经写好，
挟着原稿上工地吃两口灰，
再用棍子捅捅混凝土，
把作品和生活做一番校对。
一转眼，第一卷已经脱稿，
里边是要啥有啥，面面俱到：
有革新了的砌砖操作法，
保守的副主任，先进的他和她；
有在成长过程中的主席
和第一次试转的发动机；
有惊险的情节，有大风雪，
有共产主义风格的老大爷；
有党小组长率领突击队，
有部长下车间，还有跳舞会……

“写来倒像那么回事儿，——
不能说这一切不能发生。
可是那滋味实在难以下咽，
尝一口就叫人要大喊救命。
难道我们的生活和劳动，
难道我们的思想和感情，
难道我们明天的规律
就是如此千篇一律而空洞？

“不，不论你怎么反驳我，
我决不同意，决不退让。
我的生活里有多少快乐，
有多少痛苦、爱情和信仰。
我为祖国服务是多么幸福，
我还曾为她上过战场。
我生下来就是为了生活，
不是为把名字登在报上。
你们的书我是越读越烦，
一肚子的气：还有完没完？——
‘完’字还是不见，再往下看，
这儿还有续编！
　　　　　　唉，老兄，
要有点良心，要自觉一点！”
于是你连连点头：
“不错，不错，

批评得很正确……”

你听着这些挖苦的话，
心里真感到无比快乐。

它永远使你感到亲切，
它永远给你无比温暖，——
在他们粗鲁的谈笑中
你很容易体会到这一点：
群众是那么高兴和你谈心，
那么愿意和每个作家见面，
他们的话里烧着真诚的火，
而不是冒着虚伪的烟。
你的作品受到无比关心，
群众爱你，似乎也并非无因。
在这儿，你成了你梦想中的
为群众所热爱的人！

为了这无比珍贵的爱，
你忘却了多年的苦闷，
你准备日以继夜地苦干，
你准备用烈火点燃灵魂。
不必理睬那些评论文章，
只要忘我地履行责任……

忽听得上铺有个新的嗓音：

“这可不成……”
“什么意思？”
“我不批准……”
他并没有大声吼叫，
可是口气是非常之硬，
好像是首长习以为常地
把拒绝送进电话的话筒。

“这可不成，”他又重复一遍，
丝毫不留商量的余地。
“我头顶上的那位，你是谁？”
“我吗？你对我非常熟悉……”
“究竟是谁呀？”
“我是你的编辑。”

和我同房间的第三位旅伴
从上铺探出头来哈哈大笑：
“你以为你这一远走高飞，
就能把我甩掉？”想得倒妙！
不，亲爱的，你跑得再远，
我也仍旧是你的旅伴。
半睡半醒，一切我全都听见，
只是不想过早地把你打断。
老实说，听着你的高调，
我心里真有点憋不住笑。
我倒要在一旁好好瞧瞧，

看你还能唱出个什么调调！

火气倒挺大，胆量倒不小！
待会儿退堂鼓看你怎么敲？
不明白吗？——告诉你：
就因为我和你随时随地
形影不离。我是你的编辑。
当你对着白纸出神，
灵感充满了你的心胸，——
你是聪明人，你知道，
离开了我你就寸步难行。
写一行诗，点一个逗点儿，
你都要得到我的批准。
当然，我也会手下留情：
我只东砍点儿，西削点儿，
看上去你还是相当完整。
至于你自己不满意的地方，
我却全部保存，原封不动。
我右手红铅笔，左手橡皮，
我对你既诚恳又爱惜。
等到你出版问世，你的面目
一定能完全符合我的设计。”

“等等，”虽然我已一身冷汗，
还是努力装得神色严厉：
“等等，编辑，你听我说，

你这简直是包办代替！”

他口气变得较为婉转：
“不，我一点儿也没有包办。
我把要干的全部工作
都委托给你和你的笔尖。
我何必为你修修补补？
我何必为你辛辛苦苦？
明白吗？你自己不知不觉间
就替我尽了编辑的义务。
英雄啊，这就是其中奥秘，
这一下你不服气也得服气。
老实说，我倒真喜欢你，
你实在使我称心满意。
我把你当作模范诗人，
号召别人都向你看齐。
你的诗完全可以放心发稿，
不审阅也保险出不了问题。”
他狡猾地向我挤了挤眼睛，
意思是说：“你和我，咱俩一伙……”
可是我当场打断了他：
“给我滚开，别再穷啰唆。

“哪怕你的位置高高在上，
我决不会对你俯首听命。
原因十分简单：就因为

你不是真实，而是一个噩梦。
你的父母——‘懒惰’和‘庸碌’
喝醉了酒后把你错生，
生下你这么个稻草人，
插在地里来吓唬人们。
在我辛勤的日夜劳动中，
你根本就无地自容，
你只能在工地之外立足，
像一个影子，
像一种懒病，
只要抖擞一下，你就烟消云散，
你的谬论也自然澄清。

只有当我意气消沉的时候，
你才能有机会抓到我，
只有当我热情下降的时候，
我才会产生这种感觉：
仿佛是不知在哪个角落
有什么东西在牵制着我，
有什么人在妨碍我的写作……
就连这几节关于你的诗，
老实说也没有你的功劳。
从头一行直到最后的句号，
全部都是我自己的创造。
我编出这么一段故事，
只为了博得读者一笑。”

这时早聚集了一群听众，
狭窄的过道挤也挤不下。
旅伴们怀着满心的激动，
听了这一席激烈的闲话……

少校同志觉得怪有意思，
科学的老头儿也觉得解闷。
右面的上铺却已空空如也，
原来房间里只有我们三人。
提起来你又得说我迷信，
不过我确实可以证明：
那个铺位上有股邪道味儿
慢慢地向气窗流去，
好一阵儿才消失干净……

童年的朋友（长诗《山外青山天外天》第8章）

友情的义务，正直的良心
命令我在这本书里
写进一段特别的命运，——
它在途中迎头撞见了我的心。

这一段故事并不轻松愉快，
这一 段回忆并不心情舒畅，
但是我只有履行了责任，
才能坚定地正视远方。

这里面没有英雄事迹，——
这故事不属于这一方面……
我说的是我的第一个朋友，
我最好的一位同年伙伴，
当年我和他一同放过牛，
一同在树丛里生过火堆，
在学校里，在共青团里，
我俩是形影不离的一对。
我们带着少年的友谊，
分头走上了成年的道路。
我可知道，他比我强得多，

他总是比我少犯错误。
要不是那次痛心的离别，
要不是那次突然的分手，
我相信，我很感到自豪的，
就是他是我第一个朋友。
啊，已经飞去了多少岁月，
飞去了人生最好的年头，
这友谊却成了我的心病，
一提起来就令人难受……

说句聪明话当然不难：
“鱼龙混杂在所难免。”
可惜有这种遭遇的人
从未得过奖励，受过纪念。
瞧，这就是全部的故事，
它并没有引人入胜的情节……

我们的车和迎面来的车
一同停在泰舍特车站。

两列著名的长途客车
满装着命运和紧急事务。
两边的旅客都神气十足，
漠然打量着对面的窗户。

一列去的车，一列回的车，

同等的路程，同等的气魄。
“你们是莫斯科—符拉迪沃斯托克？
“哦，符拉迪沃斯托克—莫斯科……”

我混在向外涌的人流中，
向闹哄哄的月台上跑，
买张本地报纸在途中看，
新鲜的蔓越橘也捎带一包。

我在人群中挤得津津有味，
观察着这个世界和社会，
这块牌子上写着“行李房”，
那块牌子上写着“开水”……

这迅速而有节奏的生活，
这平凡而漫长的旅途，
我是多么衷心地爱你哟，
旅行了一辈子，也不知饱足。

我爱这车厢，我爱这站台，
我爱闪过窗前的图画，
也爱用公道的市价
沿途买点儿这，买点儿那……

优游自在地逛了一阵，
我已在等待开车的哨音。

这当儿啊，
昔日的悲痛突然复活，
像电流般击中了我的心……

啊！他在我的记忆里
早已列在各种损失之间，
早已隔了不可逾越的界线，
而现在——
是他，是他！活在人间！

是他！我没有认错人，
虽然他披着那件老棉袄，
模样也已经老态龙钟。
他也认出了我，迎着我跑来，
用肩膀挤开了人丛。

我感到一阵惊慌失措
（想起来真有点令人害羞），
可是不容我踌躇，一转眼，
我俩已经互相握着手，
互相拍着肩膀：
"老头儿！"
"老头儿！"很久以前，这曾是
我们互相间习惯的称呼
（这绰号本起得无缘无故），
今天哪，它又从嘴里滑出。
我细细瞧着他的脸：
他神情还像当年，可是，
眼角的皱纹，头上的银丝，
嘴里光芒黯淡的义齿——
同年的朋友哇，对于你，
这绰号今天已名副其实。
我呢？虽然没跨过那道坎，
自然也不比你年轻，
可有一件我比你强：
嘴里的牙还算完整。

也许他的列车，也许我的列车
转眼间就要鸣笛相催。
这是多折磨人的事啊——
十七年的离别，五分钟的相会。

在我和他之间，是多少森林，
是多少海洋和多少山岭，
是多少充满理想的年代，
是多少劳动、战争和牺牲——
是他的一生，是我的一生……

“总算见到你了。身体如何？”
“你瞧，这不好好儿的么。
虽然没人看守不大习惯，
可不论如何，买了票上了车，
如今是一名正式的旅客……”
“回家吗？”
“怎么说呢，哪还有家……”
“啊，原谅我提起这个……”
“没关系，谈谈也没什么。
说起来，那首古老的民歌
对于我倒挺适合：
妻子会另择良伴，
而母亲[①]……假如她还活着……

哦，你上那边去，我是转回程……”
“真想不到，我下车一瞧……”
“我也是，简直不相信眼睛……”

---

① 指民歌《西伯利亚荒林深处》的末句“妻子会另择良伴，而母亲换不了儿子”。——译注

“抽烟不？”
“那还用问！……”

问题似乎都已提完。
这次会面虽然如此之短，
但在开车前，除了抽烟
我们还有什么事可干？
在我们默默的等待中
开车的哨音终于响了。
我们恋恋不舍地分了手，
又要各奔自己的远方了。

“上车吧！”
“再见了！”
“回头可要给我来信哪！”
这些平平常常的话
说明一桩心事已经放下了。

在泰舍特车站的路口，
当列车逐渐加速的时候，
他忽然举手向我敬了个礼，
忽然间显得那么精神抖擞。

这个半开玩笑的动作
只一霎眼就远去了，
但它却惹得我激动不已，

从此默默地印在心底了。

现在火车是不肯停了。
现在想下车也不行了，
我想要放弃这次出差，
坐到朋友车上去，也不成了。

两列对开的车以相加的速度
载着我们离开沉重的既往，
载着我们各奔远方，
窗口的风啊呼呼地响。
插着电线杆的田野啊
旋转着飞过我的车窗。
我们之间的距离呀，
向西方，向东方，不断增长。

每个瞬间都像一块里程碑
标志着奔向天边的路程……
但我又觉得我正和他一起——
和我的朋友在一起旅行。

被我扔在背后的钢轨呀
重新在脚下唱得挺欢，
那个远方又重新展开，
一直铺到我所来自的天边。

我又重新把它收回心底，
从一个车站到一个车站，
从荒林到贝加尔的湖面，
从草原到乌拉尔的煤烟。

按运行的时刻，我又从东方
来到伏尔加母亲河边，
我和我的朋友肩并着肩，
早就在期待她的出现。

一昼夜后，我和我的朋友
又一同激动地伏在窗口，
仿佛是我也和他一样，
离开莫斯科已很久很久。

我和他一同怀着剧跳的心，
汇进了首都车站的人流……
其实呢，
我却在赶着自己的路程，
越行越远，一直向东。

难道这有什么奇怪吗？
我离不开我的朋友，——
多少年来他是我的心病，
日日夜夜燃烧在我胸口。

他是我心中不可分割的部分，
他是我心中隐秘的悲哀。
飞走的那些年头，怎么能够
用一堵高墙把我们隔开？

我能深深了解他的命运，
我也不以自己的命运自豪。
我和他在墙那边一同住过，
我也分吃过他的面包。

在劳动和战斗中，在途中，
有一种感觉始终不断：
我觉得我和他常在一起，
而他呢，也不离我的身边。

他和我一同走遍各个角落，
他参加了大地上种种工作，
他和我共用一张请帖，
到克里姆林宫里做过客。

他和我一同，以儿子的心
感受了那些悲痛和喜悦，——
他体验了战争。
体验了胜利，
体验了今天宏伟的事业。

我深深知道，每时每刻，
他始终忠于党和祖国。
难道说这场哑口的灾祸
应当要国家负责？不！
苏维埃国家有什么过错！

他和祖国一同怀抱理想，
他和祖国一同展望前程。
难道说他遭到这种厄运，
应当要归咎于人民？不！
人民又有什么责任！

白天早已在途中逝去，
窗口又飞过了一个黑夜。
但这次会面的欢乐和悲切
仍在我的胸中烧个不歇。

火车啊，勤劳地向远方奔驰。
那时，还在途中的日子里，
这段故事已在敲我的心扉，——
我没有权利把它回避。

回避它吗？——这不是办法，
而且也违背我的良心：
党的真理一向教导我
永远要对真理忠诚。

我的诗决不违反党的真理，
决不走到不正确的方向。
我只有履行了自己的责任，
才能坚定地正视远方。

有过这样的事（长诗《山外青山天外天》第13章）

……克里姆林宫墙围困，
使他隔绝了活的人世，
他在我们之上，像一个神，——
我们不知道别的名字。

人们在首都，在农村
挖空心思搜寻颂词。
不减一毫，
不增一分，——
世上有过这样的事……

一同放牧的童年朋友
艰苦青春岁月的伴侣，
面对我们成熟的记忆，
我们无处可以回避。

聊以自慰并不合适，
我们岂能抱这种希望：——
刺透生活的事会随风消逝，
就跟没有发生一样！

不，我们生性是另一种人，——
过去的时日并没去远。
昔日今日，我们同样熟知，
与我们同样息息相关……

有过这样的事：一人的名字
与“祖国”的名字等效，
在四分之一个世纪里
成了战斗和劳动的号召。

这名字不知道起码的限度，
它的权威跨入了全能，
恰似全能之神的名字
掌握着深信不疑的人众。

大家对此都已经习惯：
是他，透过烟斗的青烟
亲自洞察世间的一切，
像上帝一样把一切掌管；

是这双手掌管着
世界上的一切大计——
一切工农业，
一切科学，
一切海洋和一切天体；

数不胜数的一切成就
都是他的指示预先规定；
就连烈士死后的哀荣
也要归功于他的英明……

而当初与他并肩的战友
（他们与他一同坐牢，地下斗争，
一同夺取政权，并浴血战斗）
都一个个进入了阴影；

入影的、入梦的，知有多少？
一批批提前进入了衰老，
加里宁已不用克里姆林宫的茶
款待来访的农民代表……[①]

另一些人已遭封禁，
另一些人已失踪影。
挂谁的像、怎样挂法，
已为后代做好了规定……

他这样在世上活着，统治着，
专断的铁腕紧握着缰绳。
请你自报：谁在他生前

① 加里宁任最高苏维埃主席团主席至1946年逝世。——译注

不曾把他赞扬，
不曾把他歌颂？

不愧是个东方之子，
他以严酷的专横的作风，
自始至终表现了他的
暴政。
与严正。

但我们中谁又有资格
评判谁犯错误，谁高超？

如今谈论的是人。而神
岂不正是人亲手造？

而我们，光荣题材的歌手——
岂不是自己曾向世界宣告：
我们写出对他的颂诗，
是由于他的启发教导？

庄严会场上的全体
岂不是连口都不等他张，
就全体起立，欢呼若狂：
“呜啦！他又将指明方向”？

造成如此荒唐的后果，

他的表现是谁的过错？
伟大的列宁没当过神，
也没提出造神的学说。

谁的过错！我们的国家
用艰苦的日常劳动
在举世瞩目的建筑塔台上
高擎过那个名字的光荣。

而俄罗斯士兵的勇敢
把它从伏尔加河岸旁，
用火烫的枪口顶端
一直举到国会大厦[①]的黑墙……

我同年和同窗的朋友
十月革命时还是个小孩，
我们在那奋进的年头
并肩走过了青春时代，——

岂不是我们吗——大地之子，
怀着牺牲和建功的豪迈，
心中举着那名字犹如旗帜，
跨越了五年计划的时代？

---

① 国会大厦，德国法西斯最后顽抗之处。

而在征途的艰辛里
我们知道：岂止是我们
忠诚于这面旗帜，
还有人民中的精华，
全国的荣誉和才智。

以国为家，我们称他父亲，
难道还用得着掩饰？
不减一毫，
不增一分，——
世上有过这样的事。

正是父亲，他的一个字，
他的眉毛微微的暗示
就是法律。
执行严峻的天职吧——
面对着非，
也要说是……

我们的颂歌对此沉默，
不提他对法律的轻蔑，
不提他如何把最高怒火
向整个民族头上倾泻……

至于此类风暴的雷霆
会怎样打发个人的命运，

对此想象无济于事，
须得去了解全部真情。

但在遭受考验的时辰
父亲强硬坚毅的意志
对我们显得贵重，
以这种意志，在危难之时
我们顶住了敌寇的进攻……

在莫斯科城下，在乌拉尔，
在劳苦、匮乏和战斗里，
我们信赖这一意志
绝不亚于信赖自己。

我们与这意志一同前进，
为了挽救世界，保卫生命。
不减一毫，
不增一分，
祖国记得一切真情。

对于他——那仿佛洞察一切
和描画未来航向的人，
我们为胜利要感谢他，
他为胜利要感谢我们……

欢庆胜利时，谁还去核计

那场苦战的沉重代价？——
我们一下子丢了大批城市，
一直撤到了伏尔加。

在胜利的礼炮轰鸣里，
亲爱的祖国啊，谁去核计
你痛失了多少儿子，
你哀悼了最优秀的儿女……

礼炮轰鸣后，
五年计划重新启程。
他花冠上的光辉与日俱增。
在提起自己的时候，
他已常用第三人称。

在克里姆林宫的密室，
在古厅堂的新光辉里，
他所想象所看到的自己
已经超脱了衰老的躯体。

其他业绩已全不足道，
他还想在生前，亲眼看到
我们的合唱向他承诺的
万古不朽的荣耀。

太急了吧，

一切都还嫌少。
顿河已和伏尔加河合抱，[①]
此刻还需要更大的运河，
要叫火星上也能看到！……

远落在宇宙宏图后面的
穷乡僻壤如何能赶上？
非在远方，非在天边，
我们斯摩棱斯克地方——
战争结束后的妇女之乡，
寡妇之乡，
已被他和上帝遗忘。

那儿，足迹被风雪淹没，
村里居民没剩下几个，
老妈妈也随着流浪之歌，
背着包袱走向莫斯科……

如今在迢迢万里之外
我独自一人远行，
到处能见到达丽亚大妈
在我家乡的情景；

她只有忍耐而没有指望，

---

① 指1952年通航的伏尔加河-顿河运河。——译注

她简陋的木屋没有门厅，
她的劳动日一文不值，
加上劳动夜也一文不名；

只靠窗前那一角瘠土
种些冬麦作为口粮，
木屋中央当作打谷场
炕上烘谷，石臼作磨坊；

穷对付。古往今来，
仍难脱苦难的命，——
昨日战争的浩劫
加上今日无告的贫穷。

愁苦啊，不出声的愁苦
尽管已达到极限，
心灵啊，尽管与自己独处，
也不敢越划定的圈。

那是禁区的边界呵，
一切凡人到此止步，
警惕的哨兵日夜不眠
像磐石一般把守着通路……

看到了这个生命的傍晚，
又有谁敢这样转念：

“在克里姆林宫也不能万岁呀，
世上的一切都有大限……”

克里姆林宫的炮王没有发射，
钟王也没有轰鸣报时，[①]
当死神在注定的时辰
悄悄拿起她的一串钥匙，

瞬间打开了所有门锁和铁闩，
没触发任何报警的警铃，
她沿着克里姆林宫的长廊
走向他，不用任何通行证。
走进室内连门也不敲，
发了个难以察觉的信号，——
于是科学就此让道，
把剩余工作向死神移交……

夜，断裂了，拉严的窗帘
隐隐透出蓝光熠熠。
只剩下他和死神相遇——
人对死。
一对一。……

不论我对情景描述准确与否，

① 炮王、钟王，是陈列在克里姆林的巨炮、巨钟。——译注

到来了对我们、对世界
都不寻常的一天，
画下了一道标志线。
而如今，我们早已过了线……

正如人们所说，假如你
还未为亲生父亲送终，
那么你就还算是年轻，
哪怕胡须垂到了前胸。

你对父亲的理智、权威
和经验还抱长久的期待……
突然间父亲去了——一下子
结束了你的青年时代……

不是说着玩，而是当真——
当命运突然震撼了我们，
我们大家仿佛都老了——
不！成人了，——在这时辰。

我们排着无言的队列
在哀悼日走进圆柱大厅，
就在这大厅里，他当年
曾经肃立为列宁守灵。

他立着，垂头而穆然，

右手按在自己胸前。
而这些年代、建设、战争，
这一切都还远在前面；

给我们的生命留下印记的
这一切日期、里程、期限，
还有我们为他送葬的
今天，如此遥远的今天。

当我们追悼严酷的父亲，
从这永志不忘的时辰
我们开始对世上的一切负责——
从此以后
负起全部责任。

越过了艰险的弯路，
我们在途中没有怯阵。
是的，瞻望前途的
应当是人们自己，而不是神。

人们表现是好是差，
未来的事实将会做证，
而时代正在全速向前，
你无权招呼它“等等！”

当它在途中隆隆飞驰，

你无法与它吵嘴争论……
时间其实从未停止，
它只会变化更新 。

活的大地披上了绿装，
催一切能生长者生长。
人民创造着自己的大事
在自己选定的道路上。

把自己的与后代的命运，
把全国——从边陲到边陲，
都不再委托给神，只委托给
自己主人翁的智慧。

想必是
人民成熟的经验
与青春的热力一起，
汇成了新的动力。

这力量仿佛自地下涌现，
要去攻克新的地堡……
说它奇也好，不奇也好，——
友人和敌人都承认：
我们的事情并非太糟。

如果对细节还不放心，

那么为了辨明真伪，
让我们去问问达丽亚大妈——
她的回答比什么都宝贵……

但顺便说说：不论在哪儿，
在第聂伯河或安加拉河，
我注意到人变得宽厚了，
自己对自己也变得温和……

一个笑话、一支歌曲
都使我感到欣慰欢喜，——
我从中听到了转变的迹象，
与昔日已不可同日而语。

田野上的歌声啊，说真的，
我已经很久没听到过；
在我的印象中，仿佛觉得
只有电影里像这样唱歌，——

突然间，在咱们的家乡，
透过傍晚的寂静，
从远方的割草场上
传来了复苏的歌声。

在途中，在黑暗的田野中，
那似乎带着哀伤的歌声

一下子揪住了我的心房，
压得我胸口甜蜜地发疼……

我敢把这些微小的迹象
大胆地比之于开垦荒地，
比之于画出花体字母的
宇宙火箭的绕月轨迹……

一年一年，一程一程，
越过一山又一山。
路程啊不平坦。
但世纪之风
正劲吹我们的帆。

真理的神圣的威力
实现了强大的权利，
她在世界上活着，
飞遍陆地飞遍岛屿。

在希望与雷雨的交替间
她显得越发真切越发宽阔。
今日是我们站在世界上，
而世界对我们
要求也更多！

我们负有最高的责任——

这一责任用火字写成：
不论大事小节，要学列宁，
要有列宁明朗的理性。

有了这，就不必心惊胆战，
有了这，在我们的金书里
就不会有一页、一行
甚至一个标点
能把我们的光荣败坏，
能把我们的荣誉掩盖。

是的：一切有过的事
全都有过！
然而整个现在
与我们同在！

昨天写进书里的一切——
从封面到封底一字不少，
都在那里。俗话说得好：
笔头写下的，
斧头砍不掉……

真实啊，真实，她在站岗，
什么都逃不脱她的眼光，
要知道在某些时候，
就连沉默，也是撒谎……

其他人犹可，但是诗人——
后代却不允许你沉默。
特别法庭将传你到庭，
严峻的责任无可开脱。

我不惧怕这样的法庭，
也许，我已经把它久盼，
尽管最深沉的话还有待后人，
而不是出自我的笔端，

但我的话发自心底，
并且准备接受任何裁判。——
我活过，对世上的一切
我敢于负责绝不躲闪。

不论干什么活，
都坚持这样做——
再没有更高的责任，
再没有更热的激情！

谢谢你，祖国，我万幸
能在这条路上与你同行。

越过了又一道险关，

我与你一起
长吁一口气。
再继续上路——
无论大人物小人物
都一样呵，
哪怕是最小的小人物！

我胜利你的胜利，
我悲哀你的悲哀，
只因听得你在召唤：
跟我向前，
开拓不倦！
须记取——
远方之外有远方，
山外青山天外天！

答批评者

你们争先恐后地教训我，
教给我简单而不高明的规则，
要我歌唱时既不听也不看，
只消记住什么可以，什么不可。

可是我不能不预计到
若干年后你们又要给我上课：
想当年你跑到哪里去了？
诗人呀，你到底看到了些什么？

1956

我真不知道我该怎样爱

我真不知道我该怎样爱——
爱这身边疾驰而过的世界，
若不是年岁一去不再，
若不是力量渐渐衰竭。

我真不知道热情该怎样烧，
我那万般眷恋的热情，
若不是我身为凡人，
也走向无条件的退隐。

若不是，若不是如此啊，
在一颗永不变暗的心里
哪会有饱经苦难的甜蜜，
哪有以痛苦和黑暗的死为代价
换来的信仰、意志、激情和魅力？

1957

帕东滩

帕东滩从这儿还望不见，
还隔着一带高高的山梁。
可是你听！它那古老的号角
老远就威严地吹得山响。

汽车上了陡坡，只见水光一闪，
山背后的大河就露了面。
车轮上蹦起来的小石子
纷纷飞下山崖，滚向河边。

拐过山崖峭壁，就展现了
安加拉——这河中之河，
成群的顽石在河床里卧，
想把那河水永远封锁。

自从这群石牛石羊
卧在河心避暑乘凉，
这儿流过的河水呀
已经够盛满三个大洋。

在一片灰白色的泡沫中

是无数石牛的腰背和脊梁，
一会儿没入沸腾的水波，
一会儿钻出滚滚白浪。

在这广阔的两岸间
就是鼎鼎大名的帕东滩。
这滩不高，可是挺宽，
河里石头就有好几千。

豪放的帕东滩在自我陶醉，
它把白浪滚成了大雪堆，
把它们一直滚向石头大门，
隆隆之声好像不绝春雷。

呼啸夹着乐音，怒号夹着呻吟，
狂奔的水流拧成了一股绳，
仿佛想把石头的牛群
统统赶出岩石的大门，

赶出山的口子，石头的缝……
可是安加拉的蛮劲并不顶用。

它来势汹汹，却并不顶用：
石牛们安卧着兀自不动。
只有群山发出闷雷似的回声，
用三部轮唱来和它呼应。

请你站住了赶紧看两眼，
把帕东滩的风貌记心间，
记住这一带的旧风光吧，
因为今天它期限已满。——

石头大门挂上了千钧锁，
沸腾的河水从此不再开锅，
白沫滚滚的帕东滩上
深厚水层汇成一片清波。

于是海浪在帕东滩上出现，
一排跟一排从容舒卷。

帕东滩躺在海底深处，
它雄壮的号角永远不再吭声。
大地上的一幅美景消失了，——
好让位给更新的美景……

1957

全部要义归结为一条誓约

全部要义归结为一条誓约：
有些话到时候我就要说：
我对它知道得比谁都清楚——
不论活人死人，都不如我。

说出这些话，我决不能
托付给、信托给别人代替。
哪怕是列夫·托尔斯泰
也不行，哪怕他是个上帝。

我只是凡人。对自己负责。
我一生只为一件事忙活：
把我知道得最清的说出来，
还得照我要说的那样说。

1958

致笔友

干这一行我们倒顾虑不大，
我们从来会说一句老话：
瓦罐儿不是神仙做的。
既不靠神仙，那么就吹吧！

不过当我们沿这条道走去，
我们还得掌握一条道理：
没错，瓦罐不是神仙做的，
但做瓦罐却要师傅的手艺！

1958

山　路

山路还年轻，干涸的河道
比山路的年龄还长，
人在密林中把它找到，
利用它废弃的河床。

但在人追踪猎物以前，
早就有兽的蹄、兽的爪
在地面上留下印记，
形成了兽迹鸟道。

当然，在最初的勘察里
人做了各种标志，
标出了自己的路线，
而为鸟兽所不识。

继猎人之后，一代一代
不断有人继往开来，
把石头从路上搬开，
在路边摞成了排。

还运用自己的算计，

遵照着需要的提示，
把河道的任意蜿蜒
合理地裁弯取直。

瞧，在这些岩层中
已沉积了万年岁月，
这儿才有隧道贯通，
才有桥梁飞越……

所以不论你在何处
踏上哪条小路，
要记住在你之前
这里已有过人的脚步。

他在此留下了标志
作为勘察的纪念，
尽管没宣扬他的名字，
他使你力量增添。

即便你干得不错，
即便你十分出色，
你在路上不是第一个，
也不是后无来者。

1960

话说话语

当需要话语的重要缘由
一旦成熟在你胸间，
你就别发老一套的怨言：
“找不到话语可以表现！”

每种实质，都有相应的话语，
话语能引人去劳动、杀敌，
但无谓的重复使话语失重，
像苍蝇一样成批死去。

不错，有些话语像火焰，
有些话语能照亮深渊。
可是若把它换成空话，
这种行为就等于背叛。

亲爱的祖国，正因为这，
尽管过剩的话折磨着我，
我用在你事业上的话语
却总显得如此吝啬。

我有责任以儿子的爱护，

给你的事业披上话语衣服，
但我提防着漂亮话语，
就像提防灾祸和亵渎。

我不是从不干活的懒汉
只以自己的笔杆炫耀，——
我耻于手捧值班的颂歌
在你的日历面前招摇。

你的责怪使我委屈，
但忧虑萦绕着我的心怀：
我知道话语多么危险，
有时还会有多大危害；

我知道当你宏伟的成就
使世界为之吃惊的时候，
话语正以愚蠢的喧嚷
叫死人活人都为之害羞；

有些人嘴里的妙舌生花——
虚夸、粉饰、话语的“渣”，
却在把神话般的真实
贬成庸俗可笑的神话。

话语呀，是我立足的根基，
是我不可或缺的粮食，

我主张一条严格的立法，
对话语的开支严加限制：

必须用心血把它哺育，
用活跃的智慧把它组合；
财富中最宝贵的财富啊
岂能这样胡乱挥霍；

别把谷粒和糠秕搅混，
别把灰扬进自己的眼睛，
每句话、每个字都要记账——
按照硬卢布的行情。

话语不是僵化的声音，
话语并非无足轻重。——
不，正如列宁常说的；
言——这也是一种行。

1962

嗥叫着的矿用电镐

嗥叫着的矿用电镐
把纪念像底座凿成碎块。
高密度的特种水泥
预计的是千秋万代。

转眼到重新评说的时刻，
人们见到了鲜活的一课：
对不朽的过度关切
与历史的正义相左。

可是死硬的石料已固结，
得花九牛二虎之力破拆。
对清除的过度关切
也是如此劳民伤财。

凡是人手造成的一切
人手也都能够拆毁。
问题是：
石头无辜受累——
它既无功，它也无罪。

1963

我爱听田野的声音

我爱听田野的声音，
爱听那似醒似梦的簌簌，
当我躺在六月的田间，
灌浆的黑麦把上空遮住。

而世纪老松们絮絮不休
谈论什么，我不清楚，
尽管是从小熟悉的声音，
却总触动我心深处。

每当我在异国他乡，
从海浪舒卷涛声喧哗中，
总能听得我怀念的声音，
仿佛遥远思绪的回声。

我在其中辨认出了
大地的曲调大地的音乐……
是我的一生在喧哗，
它随着我，不会停歇。

生活向我预告的一切，

生活向我许诺的一切，
我愿从头再听一遍，
像一首歌，尽管如此悲切。

1964

别等到那个时辰

别等到那个时辰，
别等它统治了你，——
那时，朋友会在背地里说：
“笔力已非昔比！”

“似乎还是样样齐备，
句号逗号，各就各位，
可是说句良心话：
跑了酒味……”

那时辰等于是一种病，
如果真的躲不掉，
但求能第一个知道，
要比朋友们知道得早。

1965

世上的一切都时限短暂

世上的一切都时限短暂，
一切变迁都在须臾之间。
丁香一年仅三四天花期，
竭尽全力能盛开五天。

随即，花穗就变褐变紫，
化作了一串串的籽实。
时令尚在春季，丁香她
已进入昏沉倦怠的夏日。

就连她尚未蒙尘的绿叶
还沾着露珠闪闪的清新，
看起来也只剩常绿植物的
那种美，已露出暮气沉沉。

她已步入了自己的暗影……
唯独还有这样一批诗人
在没完没了地吟唱丁香，
仿佛到夏末她还繁花似锦。

1965

摆渡哥哥

摆渡哥哥帮帮我，
小伙年轻力壮，
把我渡到彼岸去，
彼岸是我家乡……

从哪儿带来的歌谣，妈，
你直藏到老年？
还有哪儿呀？全来自
我娘家的彼岸。[①]

全来自彼岸家乡，
第聂伯河彼岸，
全来自遥远古代，
自古口口相传。

那边的人们相信：
姑娘嫁到对岸
就等于永别娘家，

① 此诗为悼母之作。诗人的母亲生在西部边疆一个屯垦戍边人家，在流经斯摩棱斯克的第聂伯河彼岸。——译注

从此再难相见。

“摆渡哥哥帮帮我，
小伙年轻力壮，
把我渡到彼岸去，
彼岸是我家乡……”

年代悠久的伤心泪
姑娘来不及流，
又遭不测命运摆布
来到另样渡口。

离开家乡那片热土，
发配去了远方。
比第聂伯更宽的河
在那远方流淌。

远方的森林更暗黑，
寒冬更加严酷，
就连雪橇碾压的积雪
尖叫声也更苦。

歌谣的古老词句
也带到了远方，
哪怕不能出声唱，
也在心底深藏：

“摆渡哥哥帮帮我，
小伙年轻力壮，
把我渡到彼岸去，
彼岸是我家乡……”

都渡过了，都受过了，
此刻还有何求？
抬眼再望，前方不远，
已到最后渡口。

“摆渡哥哥帮帮我，
老伯白发苍苍，
把我渡到彼岸去，
彼岸是我家乡……”

1965

他们躺着，从此无声无息

他们躺着，从此无声无息，
身上沉积了年代和土地，——
有的青春年少，也有年长者
做了他们子弟的后继，
还有妇女、小姑娘，女同志，
我们的女友、姐妹，护士，
也迎向死亡而遭遇死亡，
或在家乡，或是在异国他乡。
她们岂是想以巾帼的英名
与男儿争雄争光？不！
不论女儿男儿，在死的一刻
根本没把光荣放在心上。

1966

我命里生就是个不要命的

我命里生就是个不要命的：
母亲最后一个礼拜还下地，
她在杉树林边耙干草，
时辰到了，——离家有好几里。

从此我这人带上了印记。
我从小就熟知这些细节：
邻居大婶从野外抱我回家，
我全身粘满去年的针叶。

说我生在杉树下，说这说那，
对这些传闻我不发窘，
因为据老大娘们一口咬定：
杉树下生的人
狼都不敢碰。

唉！不理会我出生独特，
不理会我满身针叶，
各色各样的大灰狼
劲头儿火热，穷凶极恶
群起而吃我。

它们连撕带咬，
可我是杉树下生的，
谈何容易把我吃掉。

1966

可是毕竟……

我明白，并非由于我的过失
使得别人没能从战场上回来，——
他们留在那儿，有的年长，有的年轻……
也并不是我本来能保护他们
却没有完成自己的使命，
不，不是这话，可是毕竟，毕竟，毕竟……

1966

我要自己查明弄清

我要自己查明弄清
我的一切失误。
我自会牢牢记住，
但不照规定的尺度，

我自己已经成年，
无须做可笑的辩护。
也不劳你耳提面命，
刺刺不休地吩咐。

1966

到了生命的杯底

到了生命的杯底，
　　在一生的尾声，
我想找个树墩，
　　在阳光和煦中
稍坐几分钟。

只愿落叶
　　呈现一片美色，
在斜照的光里，
　　在向晚的时刻。
尽管一生里
　　全是纷扰，
任它去吧，
　　有何可说。

我倾听思绪，
　　不再有干扰，
用老人的手杖
　　划个道道：
不，不论如何，
　　这也不错——
我偶然到此，
　　勾了个到。　　　　1967

柳兰花[1]刚开了

柳兰花刚开了，——
从这番花信起，
初夏已经辞去，
迎来了正午的夏季。

椴树在暮色朦胧中
发出稠密的镀金的光。
她在呼吸呢，仿佛树洞里
隐藏着繁忙的蜂房。

青草站得倦了，
垂着头如同干燥的羽毛。
丁香树暗绿的身影
像铁皮做的，纹丝不摇。

春分的荣光已去远——
距今已有多少路程！
在温暖的树叶间
如今常听沙沙雨声。

---

① 柳兰花，多年生草本，叶似柳叶，七八月间开淡紫红色花。——译注

别错过呀别错过
这股淡淡的悲哀。
细细体察这世上的
一度度盈亏盛衰。

欢迎啊，不论是清晨
还是疲倦的暮影……
欢迎啊，每一个时令，
祝你们循序而行。

1967

村后园子里的火堆

村后园子里的火堆
升起几处袅袅青烟。
树叶和地面色彩斑斓，
还没有被秋雨冲淡。

带着干草皮的土块
还丝毫没有阴燃的气味，
哪怕把草根都翻了过来，
它也在铁锹底下安睡。

还没到令人困乏的雨季，
靴子还没拖着一大团泥，
每天早起，且振作精神，
让退休之年忘情自娱。

起码应该感谢的是：
还没失去干这干那的乐趣。
干完了活，再按次序
不慌不忙地收拾东西。

1967

子夜时辰

子夜时辰带着礼物
来探望我城居的窗口：
夜空里繁星密布——
密密麻麻全是遥远的星球。

童年里，当我帮爷爷
夜间在原野上牧马，
大群繁星的冰冷火焰
总扎得我头皮发麻。

少年甜蜜的不眠之夜里
这星空弄得我苦恼不堪：
不论我站到什么地点，
总像是在宇宙中央孤悬。

成年后，叫我日夜难安的
已不是遥不可及的星星，
而是我们这颗微小行星
蚂蚁窝似的乱糟糟地折腾。

1967

你怎样怪罪人类都可以

你怎样怪罪人类都可以，
也得归罪于人民公仆自己，
但自然和天气没有罪过：
临近年终的一个个日子
美好得像晚熟的苹果。

没有风，格外的温暖，
美丽的日子一天胜似一天，
满树黄金发出微微的声响——
在莫斯科，在莫斯科四乡，
布拉格公园里想必也是一样。

秋季的世界是如此清朗，
我的每次呼吸是如此甜蜜，
但面前是什么未知的冬季，
充满着什么样的惊慌、震荡？

1968

时间，它最喜欢报复

时间，它最喜欢报复，
用日月飞逝的速度。
它撤销某些权力某些荣誉，
把它们都打发进坟墓。

时间的熨斗高速运行，
熨得它们连痕迹都消失。
可是它对付不了一样东西，
你猜是什么？——是诗。

瞧它用尽全身解数，
要把诗从记忆中删除，
并且用报纸、用广播
加以宣布……

但是且慢，
岁月匆忙，——
有一天，时间一不留意，
一脱口就说出了这首诗的
诗行。

1968

不要用个人的委屈心酸

不要用个人的委屈心酸
去唤起好心人的同情。
活着，就挑自己的重担，
拉上了套，别再说无力担承。

继续走吧，沿着自己的小路，
既不退缩，也不回避。
好好地对付你的命数，
好让别人从中照见自己，
好让别的心灵减轻痛苦。

1968

一切都有自己的时限

一切都有自己的时限。
想从前我常下笔千言，
一口气吟出一百韵，
还觉得意有未酣。

那是早晨，时光无限，
而如今天色向晚……
话多，是老年的伴侣，——
要精练，
精练。

1969

凭着记忆的权利（长诗选段）

叫你忘却，忘却而沉默，
把生活的往事沉入忘河。
让波浪在上面闭合，
把往事永远淹没！

忘却亲人和友人的面容，
忘却他们苦难的历程——
这一切都要变成旧梦，
都要变成荒诞的虚构，
就连虚构，也要忘诸脑后。

但对他们这全是真实——
他们被截断了生活之路，
正如有人实话说出：
他们化作了集中营的土。

忘却他们——啊，不能！
与战场未归的人们同等，
他们连这都被剥夺了——
剥夺了这份严酷的哀荣。

叫你忘却，不得怀念，
封禁记忆的波澜，
以免无意间造成扩散，
搅乱了不知情者的平安。

忘却不知自己罪名的人。
忘却我们的母亲、妻子
忘却他们被迫离别的孩子——
说的是战前，
并非是战时。

况且，要说不知情者，
何处去寻？全是知情者。
尽人皆知，全民之劫！
各种途径，全能了解，——
不是根据伤疤标记，
就是通过道听途说，
不是亲身经历，
就是通过亲身经历者……

不要以为记忆
不懂得珍惜自己，
不要以为时间的浮萍
会掩盖任何往事，
掩盖任何痛戚；

不要以为飞驰的地球
自会打发日月和年头，
而诗人，在禁令的幽灵背后，
对烧心的事保持沉默，
将来不会受到追究……
……
不要以为沉默就是正确，
而这些诗文会全化灰烬，
全化为无稽的虚构。

果真如此则毫不奇怪，
真实记忆的声音
警告我们面临未来之灾：
对往昔讳莫如深的人
岂能与未来合拍……

当今论定的大小分量
尚难定论。人非草木，
岂能把他们全体定制
成为无记忆的种族。

即便是所有见证人
将从世界静静退出，
我们本性里却从未拥有
心安理得忘却的天赋。……

1987（1969）

瓦西里·焦尔金

/

1941—1945

作者的话

在战场上，在行军的尘土中，
在炎热的夏天，或寒冷的严冬，
有什么比得上一口普通的水？
管他是井里的，塘里的，
马蹄坑里的，
还是水管里流出来的，
管他是河里的，江里的，
小溪里的，
还是冰洞里舀出来的——
一口凉水比什么都可贵。

在战场上，在严峻的岁月，
在艰苦的战斗生活里，
在雪地上，在松叶的遮盖下，
或是在野外宿营地，
有什么能比得上一顿简单的、
美味的、有益身体的前线的饭？
要紧的是
要有个自己的炊事员：

他这个炊事员不应该白当，
必要的时候，他可以少睡几晚上，
只要保证做出饭来——
火热、滚烫，
菜汤油汪汪儿的，
味道真是香！
吃完了，去打仗，
浑身上下都是力量。
可是伙食问题——
这还不是头一桩。

一天不吃饭没关系，
几天不吃饭也要活，
可是在战场上要不说句俏皮话，
有时候连一分钟也没法过。

战士少不了笑话，
就像少不了烟草，
两次轰炸之间有点儿空，
咱们怎么能不笑一笑？
咱们怎么少得了你，瓦西里·焦尔金，
瓦夏·焦尔金[①]——我的英雄！[②]

可是还有一桩，
咱们比什么都需要：
如果缺少了真理，[③]
那就断断活不了。

真理呀，你直接冲激着心灵，
真理呀，你朴实而干脆，
你来得浓一些，浓一些吧，
不论你带着多么重的苦味。

还有什么呢？好像没了。
简单些说，这本书讲的是
一个战士的故事，
它没有头，也没有尾。

---

① 瓦夏是瓦西里的昵称。附带说明一下："焦尔金"这个姓在俄语中有"受磨炼"的意思。——译注

② "英雄"原文герой，兼有"英雄"和"主人公"二解，本书中二解并用。——译注

③ "真理"原文правда，兼有"真实"、"真话"之义。——译注

为什么没有头？
因为要原原本本地从头讲起
咱们时间不够。

为什么没有尾？
因为我不忍心
把故事讲到最后。

在那艰苦年代的头几天，
当祖国遭难的时候，
瓦西里·焦尔金哪，
我就和你交上了朋友。

我永远也不能忘
你对我的帮助
和你给我的榜样：
干起活来一个劲干，
玩儿起来也能玩，
战场上的焦尔金人人爱。
咱们两人老交情，
叫我一下子怎么丢得开？

好吧，这个故事
咱们就从半腰里开始。

行军休息

“提起那位老头儿，
没二话说，可真叫棒！
他发明了在炊事车上，
一边走一边就能做汤。
汤——这是第一。还有第二，
他做的饭也完全合乎标准。
那真是个了不起的老头儿，
他对战士真关心！……

喂，老兄，
我参加战争已经是第二次，
打过的仗可真不少，——

你要看得起，
就给我再来这么一勺。”
炊事员向他一瞟，心里暗想：
“新来的这个小伙
胃口倒真不小。”
他给添了一勺，
挺和气地说：
“我说你呀，有这样的胃口，
不如上海军去吃海灶。”

那个说：“多谢你的好意。
可惜我偏偏没上过兵舰。
要按我的意见，
最好不过是和你一样，
在步兵里当一名炊事员。”
说完了他蹲在松树边，
猫着个腰喝稀饭。

“是自己人吗？”
战士们在交头接耳。
“是自己人！”
大家交换了个眼色。

累了一天，烤暖了，
全团已经发出鼾声，
可就是一排战士睡不着觉，

违反了条令规定。

往松树上一靠，
一点也不吝啬烟草，——
咱们这位焦尔金
在战场上大谈“打仗经”。

“你们这些毛孩子们，
都是半路出家来打仗。
可是我呀，我在这里
新皮鞋已经穿破好几双。
你们来到了战场上，
拿起枪杆就上阵。
可是你们有谁懂得
什么叫做开洋荤？”

“开洋荤？——
是过节，还是过年？”

“洋荤开起来有好几种，
不知道，你就别发言。

第一次挨飞机炸，
急急忙忙就趴下。
留了活命，挺高兴：
这算是开了小洋荤。

休息会儿，吃一顿，
抽根烟卷儿安安心。

老弟，你们要知道，
迫击炮的洋荤比这还糟糕：
它使你深深受感动，
抱着大地妈妈去接吻。
可是小乖乖，你听好：
这只是不大不小的中洋荤。

开一次洋荤，
得一次教训，
敌人厉害，你也要凶。
可是要开个大洋荤，
那可真有点不好受用！”

焦尔金说到这儿猛一停，
拔出烟嘴来通通干净。
他悄悄地挤了挤眼睛，
好像是说：朋友，
我说出来，你可要站稳！……

“天刚发亮你起身，
抬头只一看——
叫你满头大汗身上还发冷：

一千辆德国坦克，
黑压压一片数也数不清……”
“一千辆坦克？
老兄，这可有点夸大。”
“好朋友，我夸大干吗？”
“可是，一来一千辆，这哪能？”
“好好好，让它五百也成。”
“就算是五百。——
你说话也要凭良心，
不要像吓唬老娘们。”

“咳，说什么三百辆、两百辆，
碰上它一辆也够呛……”

“那能怎么的？你没看报上的话：
遇见坦克别往树丛里爬。
坦克这玩意模样怪吓人，
其实它又是聋来又是瞎。”

“问题就在这里呀！
你躺在沟里，身上直发麻：
正因为它不长眼睛瞎碰瞎撞，
总觉得要往你身上轧。

让我再来说一遍：

不知道，你就别发言。
开洋荤——不过三个字儿，
说起来倒挺简单。
可是要开在后脑勺，
事儿也就不太妙！
说起来，我们那儿
还有过这么一个小伙……
喂，老弟，再来点烟草。”

大家盯着说故事的嘴，
一句话也不想漏掉，
有人吹牛吹得有趣，
听的人也兴致高。

在冷清清的树林里，
偏偏天气又不好，
幸亏碰上这么个伙伴，
行军途中才热闹。

“再给我们讲点儿吧，”
大家听得还不过瘾，
“睡觉之前再讲点儿，
瓦西里·焦尔金……”

夜深了，地上发湿了，
火堆也快要熄了。

“不成，朋友们，动手铺床吧，
咱们也该休息了。”

在火堆烤暖了的山坡边，
瓦西里·焦尔金
脸儿枕着衣袖，
躺在战士同志们中间。

刚下了一场好雨，
军大衣又湿又沉。
杉树是房子，天就是屋顶，
身下还压着一条条树根。

可是看不出这一切
对他的情绪有啥影响，
在世界上不论什么地方，
他都能同样地睡得挺香。

你瞧他拽了拽大衣，
紧紧地裹住了脊梁，
梦见了不知谁家的丈母娘，
梦见火炉， 还有暖和的床。

你瞧他累了一天，
咱们的英雄

倒在湿漉漉的地上，
这会儿睡得美美的，
跟在家里一样。

你瞧他睡的——不论是饿是饱，
不论是独个儿睡，
还是大家挤作一堆，
不但学会了补上以前欠下的觉，
还学会了预先睡一觉作为储备。

咱们的英雄
并非每夜都做沉重的梦，
梦见他怎样从国境线撤退，
从西方一直向东。

梦见他，瓦西里·焦尔金，
预备役奉召入伍的一名列兵，
怎样穿着汗水浸透的军衣，
走过几百里祖国的土地。

这片土地多么广大，
大得简直无边无际，——
如果是别人的，那还不管他，
可这偏偏是自己的土地！

英雄睡着，打着鼾，

他接受了全部现实：
自己的土地吗？确凿无疑。
战争吗？有我在此！

他睡着，忘了那艰苦的夏天。[①]
噩梦和烦恼，别找我寻开心。
要知道明天黎明
我们说不定还得开洋荤。

战士们睡在松树下，
一个个相挨相靠。
哨兵淋着雨，孤单单地
站在岗位上放哨。

四下里漆黑一片不见五指。
有一个战士感到苦恼了。
可是他想起一件事，
突然又笑了。

这一笑不打紧，把睡意赶跑了，
要想睡，好像也睡不着了：

“把焦尔金分配到咱们连里，
这可真是咱们的运气！”

---

① 指德军入侵的1941年夏。——译注

* * *

焦尔金——他究竟是什么人？
那就老实告诉你：
他这个小伙子
是个平平常常的，
可同时又是个好样儿的。
像这一类的青年
每个连里都少不了，
就连每个排里也找得到。

要问他究竟哪点了不起，
那就老实告诉你：
他没有天生一副出众的相貌，
个儿不大，也不算太小。

可英雄总还是英雄。
在卡累利阿地峡作过战，
在姐妹河对岸冲过锋。

但我们没好意思问他，
所以现在也说不上：
为什么在那时候
没给他胸前挂上奖章。

在改变话题之前，
我得做个补充说明：
可能是在授奖名单里
不小心印错了姓名。

你别瞧他的胸脯，
应该瞧他的前途！

六月入伍，七月就打仗，
焦尔金又到了战场上。
“你瞧，炸弹和枪子儿
还没敢找我来算账。

只有一次叫弹片擦破点儿，
几天就长好了——没事儿！
我三次叫敌人包围了，
三次都冲出了包围圈儿。

虽然是有点儿惊险，
可是我冒了什么斜火、三层火，
还有曲射火和直射火，
它连根毫毛也没有伤着我。

战斗生活我已经过惯了，
在纵队扬起的尘土里，
在大路边，

我‘一部被打乱了，
一部被歼’，
这种情况也不稀罕了……”

可是，战士还是活着，
上伙房，他拔腿就跑，
要打仗，他跳起来就干。
不论在哪块阵地上，
他吃得香，喝得足，
还能津津有味地抽烟。

不论有多苦，不怕有多难——
咱们不屈服，咱要往前看。
以上说的算是闲话，
下面才是言归正传。

战斗之前

“让我来简单地谈一谈：
我们为了参加作战，
怎样从‘后方’上了前线——
从那一面，从德国人那一面。

我们的兵士从德国人那面，
从河那边，走着，走着，
随着苏维埃政权，
随着东移的战线……

我们的兄弟走着，又瘦，又饿，
失掉了部队，也失掉了联络，
一连连，一排排，
有的是一群群自由结合，
也有的孤单单光杆一个。

我们的兄弟走着，
在田野里，在树林边上，
为了避开别人的眼睛，
等到天黑才敢走进村庄，
他的防毒面具

已经权充了背囊。

他走着，长长的胡子，一身的灰，
险些儿在门槛上绊倒了，
他走进了一家人家。
在人家面前，他不知为啥感到惭愧，
可是，叫他又有什么办法？

每一次，在痛苦中
他总是为自尊心所驱使：
他先请求给点儿水喝，
然后才开口要东西吃。

大嫂子啊，
她哪会不答应？
你虽然成了这副模样，
可终究是个自己人。

她什么话也没有说，
连抽泣也压低了声音。
把你送到了门外，
她才说：‘上天保佑你回来……’

那时我们向东方一步步走，
心中怀着无限的悲哀！

走哇，走哇，
憔悴的，光着脚的，
不知走向何方。
俄罗斯啊，你在哪儿？
你现在怎样？
哪儿才是自己的地方？

可是，大家走着，我也走着……
在这条讨厌的路上，
我倒不是孤单单的。
我们统共十个人，
中间还有个指挥员——
是从战士当中选的。
这是个能干的汉子，
周围的地形他知道得全。
我呢，因为思想性强点儿，
在大家中间就好比是指导员。

战士们跟着我们
离开这块沦陷的地区。
我反复地做着政治鼓动，
讲的内容却只有这么几句：

‘同志们，别灰心。
只要不冒失，就能突出去。
咱们死不了，咱们要活下去！

到了那一天，咱们要往回转，
今天失掉的，全部要收还！’

其实要是问问我，
我知道的也不比别人多：
俄罗斯啊，你在哪儿？
你现在怎样？
哪儿才是自己的地方？

指挥员似乎有点不快活，
我偷偷地瞧了他一眼，——
他一面默默地走着，
一面想啊，想啊，不知想些什么。

‘你别想了吧，’我想把他劝一劝。
他回答得很突然：
‘前面要路过我的家乡，
你看怎么办哪，指导员？’

只见这小伙耷拉着眼皮，
脸上是一副可怜的神气。
我看怎么办？这叫我怎么回答？
他心里难过，因为路边就是他的家，
你说这怎么能怪他？
这时候不论你多么严格，
也会答应说：‘去瞧瞧吧……’

雄鹰不再呆呆地想，
唱起了歌儿，展开了翅膀。
他在前面跑得老远，
叫我们撵也撵不上。

我们到那儿的时候已经晚了，
绕着小路，穿过麻地，
指挥员小心翼翼
把我们全领到了他家里。

我们的兄弟在战争中回家，
就是这么一副情景：
悄悄地藏在墙根下，
偷偷地钻进自己家门。

你预先应该知道
这次回来没什么好处；
战争已经经过此地，
比你还要早到一步；

你这次回家探亲，
并不能安慰你的爱人：
刚睡一会，又蓦地惊醒，
还得再去追赶战争……

主人坐下了，脱下皮靴，
右手往桌子上一放，
就好像是刚从磨坊
或是从地里回来吃晚饭。
好像如此，实际却完全两样……

‘喂，孩子的妈，生上炉子，
做点儿热饭热菜，
给我的伙伴们吃饱肚子。’

孩子们睡着，妻子在忙，
今天是她的节日，
可是这节日多么凄惶！
这一夜是多么短哪，
可是就连这一夜
也不能由她独享！

她煎着、煮着，
她的双手是那么勤快，
她还拿出印着公鸡的花毛巾，
把我们当作贵客来款待。

等我们吃饱了，喝足了，
她又让我们去安寝，
她对我们那么和善，
那么殷勤和关心，

仿佛我们是在另一种情况下
到她家里来访问，
仿佛我们都是些英雄，
是些了不起的人。

我们的主人呢，
这位坐在客人之间的老兵——
他大概从来没有像今天这样
满意过自己的爱人。

而他的爱人呢，大概
也从来没有过今天这般风采，
在这次短促的会面中
她是那样亲切可爱。

诚实的战士，一家的父亲，
这时候怎么能不心疼？
他把老婆孩子扔在敌后，
叫他们去听天由命……

战士们收拾完了，不再谈话，
大家都已经躺下。
主人也躺下了。可是妻子
并没有马上过来陪他。

她轻轻地拾掇了碗儿盆儿，

又在灯下补着、缝着。
主人在屋角里等着。
我不知道怎么办才好。

同志们都睡着了，
就是我睡不着觉。
还不如到屋檐下蹲一宿，
给大家放个哨。

我拿了军大衣，往身上一裹，
这就不用发愁了：
下面铺的，上面盖的，
捎带枕头都有了。

　　战士的大衣呀，国家发的
　　　　呢子的军大衣，
　　在树林里火堆旁烧破了的
　　　　头等的军大衣！

　　鼎鼎大名的大衣呀，在战斗中
　　　　叫敌人打了多少窟窿，
　　战斗完了战士又亲手补、亲手缝，
　　　　这样的大衣怎能不珍重！

　　多咱你叫敌人撂倒了，
　　　　多咱你要挂了花，

别人会把你抬到卫生营——
  就用这破大衣做担架。

多咱把你打死了，那就把你的尸体
  和别人的排成一排，
你就睡吧，当兵的，——
  你的破大衣就在你身上盖。

睡吧，当兵的，你短短的一生里，
  不论是在路上，还是在家里，
不论是独个儿，还是和老婆一道，
  就没有安安生生睡过一觉……

主人也走到了门外。
我怎么也忘不了那一夜。

‘你干什么？’
‘给我老婆劈点儿柴。’

原来他也睡不安宁，——
虽说到了家，这里却也是战场。
他在月光下劈着干树枝，
劈呀，劈呀，一直劈到天亮。

这一夜对他是多么短哪！
他爱他的妻子，

他不忍心把她扔下，
却不知道怎样帮助她。

他只是劈呀，劈呀，
劈到天明时分，劈到战士离家。

天蒙蒙亮的时候孩子们醒了，
一瞧，原来是父亲回家来，
还有许多不认识的兵，
各式各样的枪，各式各样的皮带。

孩子们，不糊涂，
他们好像也明白了，——
你听他们哭得那样苦……
朋友们哪，你们想一想：
说不定在这会儿，
德国人就会提枪闯进屋……

一直到今天，
那苦难的早晨的孩子的哭声
从德国人那面，从河那边，
还在一声声地向我呼唤。

在黎明的战斗前，我常常幻想——
并不是为了争取荣誉：
我想冲过战场，
活着打到河西去。

我毫不隐瞒地告诉你们：
只要我能回到那个乡村，
我一定趁便去找那位大嫂，
我要去敲敲她的门，

我要请求她给点儿水喝——
并不是为了要吃一顿，
而是为了问候一下
这位纯朴、善良的女人。

她要是问起丈夫，我就说：
‘我料想他一定无病无灾。’
然后拿起斧子，把大衣一甩，
给女主人多多地劈点儿柴。

为什么？——因为我们的主人哪，
一点儿也没有消息。
也许他已再不能耕种
他曾经保卫的土地……

可是朋友们，光想又有什么用？
咱们还得赶快去打德国强盗。
以上就是焦尔金对你们做的
简短的报告。”

渡　江

渡江！渡江！
左岸，右岸，
粗糙的雪野，
冰的边缘……

有人得荣耀，
有人得追念，
有人得到滚滚黑水，
连踪影也不见。

纵队先头的一排趁着夜间
踩碎了岸边的冰，
首先上了船。
上了船，撑离了岸，
一排走了。二排紧紧跟上。
准备好，姿势低一点，——
三排跟在二排后面。

平底舟像木筏似的，
一只一只前进，
它们发出金属的低音，

好像是脚下踩着铁皮屋顶。

战士们向对岸开航，
黑暗中藏着刺刀光。

这时节，咱们的小伙子们
突然都变了样了，
看来看去，总觉得不像了：
比起一小时以前
他们更严肃了，团结得更紧了，
使你感觉到更亲近了……

你瞧，这批小伙子啊，
以前还只知道玩儿，
不论他是单身汉，还是结了婚的，——
这些个剃光头的小孩儿。

可是现在他们已经是战士，
已经生活在战场上，
就像是他们的父亲同志
在一九二〇年一样。

两百年前，当兵的俄国庄稼汉
肩上扛着火石枪
曾经走过这条路；到如今
他们又走在这严酷的道路上。

在他们头发细软的太阳穴边，
在他们孩子气的眼睛旁，
战场上死神常常呼啸而过，
不知这次会不会恰好碰上？

流着汗，弯着腰，
划着桨，撑着篙，
右边浪涛在咆哮——
那儿是一座破坏了的大桥。

浪头冲着卷着，
他们已到了江心……

江水在狭路里翻滚，
冲碎了一块块粗硬的冰，
在弯曲的桁架钢梁间
浪花夹着泡沫奔窜……

这时候，第一排的篙子
大概已经够到了对岸。

背后是激流的水声，
周围是敌人统治的黑暗。
第一排呀，已经去得那么远，
没法呼应，也没法支援。

只见在冰冷的江水那边，
在漆黑的江水上面，
锯齿形的，可望不可即的树林
黑森森的一片。

渡江，渡江！
陡峭的右岸像一堵墙……

今夜江心的波浪
带着血迹流进了海洋。

划破沉沉的黑暗，
出现了一柄火的宝剑——
探照灯的光芒
斜刺里把河流截断。

突然间一发炮弹，
水像柱子般涌起。
渡船哪，那么密，
咱们剃光头的小伙子啊，
排得那么挤……

只消第一次看到这种情景，
这辈子再也不能忘记：
活生生的人，热乎乎的人，

沉哪，沉哪，沉向水底……

哪是自己人？哪是通信联络？——
在炮火下什么都乱了。
可是一会儿又风平浪静，——
渡江中断了。

暂时还搞不清楚：
谁是好汉，谁出了丑？
谁表现得最勇敢？
不过可以相信：
这样的英雄一定有。

渡江，渡江……
又黑，又冷，夜长如年。

抓住了右岸就不松手，

第一排已经留在江那边。

战斗家庭里的兄弟们
想起一排来都默默无言，
每个在左岸的人
好像都感到有些抱歉。

夜长得仿佛再也不会天亮。
到处是一堆堆和着冰雪的泥浆。

行军跑乏了的步兵
两手笼在衣袖里，蜷缩着，
在打着盹儿，
不管怎样——咱们还活着。

在树林中，在深夜里，
步兵蜷缩着，打着盹儿，
一股皮靴味儿混合着汗气，
还夹着松叶和烟草味儿。

这边岸上的和对岸的兄弟
一起警醒地呼吸，
那边，在陡峭的江岸下，
他们正用肚皮温暖着土地，——
他们等待着支援，等待着黎明，
他们不愿意就此灰心。

夜渐渐地过去了，
他们前进无路，后退无门……

但也许在半夜以后，
干雪飞进他们的眼睛。
积满他们的眼眶，
已经早就不再消融了，
像花粉一样扑在他们脸上，
他们也一动不动了。

他们不再感到寒冷和冰霜，
也不害怕第二度的死亡，
唯有一连的司务长
还在统计着他们的口粮。

司务长统计着他们的口粮，
而他们投寄军邮的家信——
那些在行军休息中，在火堆旁，
在树林里写的信，
那些我在你背上，
你在我背上写的信
还是按着原来的速度
向他们家里赶着路……

梁赞人，喀山人，

西伯利亚人，莫斯科人——
睡吧，战士们。
你们尽了自己的职责，
已经永垂不朽了。

你们留在河岸上的足迹
已经冻得梆硬，好像石头了……

也许如此，但也许会有奇迹?
只要对岸能发出一个信号，
情况就不算太糟糕。

漫长的夜。黎明时的严寒。
十一月了——已经快到冬天。

两个担任侦察的战士
坐在寒冷的河边。

是做梦，还是幻觉?
有件东西出现在江里，——
不知是睫毛上结了霜花，
还是当真有件东西。

远远地可以望见
隐隐约约一个黑点：
是个木桶，还是根树干

在那江水里漂流？
“不是木桶，也不是树干，
是咱们看花了眼。”

“莫不是一个人在那儿游泳？”
“笑话，瞧瞧这水吧，老兄！”
“是啊，这水，甭说我瞧着打寒噤，
连那鱼儿都受不住了。”
“莫不是咱们昨天那一批的小伙
从江底往上浮了？……”

两人一下子都肃静了。
末了一个战士说：“不像。
如果是死人浮起来，
他应该穿着大衣，全副武装。”

两人不禁一同打了个寒噤。
这真是件没见过的事情。

中士拿来了望远镜，
仔细一瞧，当真是个活人。
“真是活的。还光着上身。”
“不要是想潜入后方的德国人？”
另一个怯生生地开了句玩笑：
“不，说不定这是焦尔金？”

“孩子们别乱动，
现在放船下去没有用。”
“能不能让我们试一下？”
“试他干吗？”
“同志们，是他！没差！”

抓碎了岸边的冰壳，
他爬到了岸上。——
这是瓦西里·焦尔金，一点不错，
是他活着游过了江。

他精赤、溜光，好像刚出澡塘，
他爬了起来，摇摇晃晃，

牙齿打架说不出话，
嘴唇也已经冻僵。

大家搀住了他，裹住了他，
脱下毡靴给他穿，
强迫着他，命令着他：
不管跑不跑得动，也得跑两圈。

在山脚边，司令部的木屋里，
叫他在床上躺下，
先把身上弄干，
再用酒精来摩擦。

擦呀，擦呀……
突然，说梦话似的，他发了言：
“大夫哇大夫，你能不能
少在皮肤上浪费点？
还不如让我
从肚里往外暖一暖。”

给了他一杯，就活过来了。
他在床上抬起身子说道：
“让我来报告：……
我们排在右岸上，
一根钉子插在敌人心窝！
中尉同志唯一的要求
就是给那边添点儿炮火。
只要有了炮火拥护，
我们就可以爬起身，
活动活动腿脚。
那边有多少敌人，
我们也叫他不得安生，
继续渡江，我们可以保证……”

他正规地做完报告，
好像马上准备游回对岸。

“好汉，”上校说：

“谢谢你。真是条好汉！……”

听到这话，战士脸上放光辉，
他微笑着说：
“既然是条好汉，
能不能再来一杯？”

上校严厉地看了战士一眼：
“好汉是好汉，
可是一下子两杯，那也过量。”
“我一来一回，来回本是两趟……”

渡江！渡江！
黑夜像是地狱，连天一片炮火。

进行着一场神圣的战斗，
正义的战斗，殊死的战斗，
不是为了扬名，
而是为了大地上的生活。

谈谈战争

“让我来谈一谈，
我的话简单、干脆：
我最热爱生活，
满心想活到九十岁。

可是战争来了，
只好把什么都忘掉，
连抱怨都没法抱怨。
准备好了上远道，
下来了命令：‘一切都取消！’

时候到了，

现在该轮到咱们
对俄罗斯，对人民，
对世界上的一切负起责任。

不论是伊凡还是佛玛，
不论是死人还是活人，
都算在一起——这就是咱们，
这就是俄罗斯，就是人民。

既然如此，那么兄弟们，
咱们就不能躲开这场灾祸，——
在战争中人人有份。

这时候不能说：我不管，
这事儿与我无关。
这时候不能说：我家房子靠边，
我可以冷眼旁观。

到这时候还打什么小算盘？
炸弹——它不长眼，
说不定莽莽撞撞，
正好命中你头上。

在战争中要忘掉自己，
可是别把荣誉也忘掉，
打起仗来要拼死活：

在这儿可是真枪真刀。

说到这儿，
咱们还可以比较比较：

现在可不比那古时候，
两个村子来拳斗。
现在不是赤手空拳来打架，
只消比比谁的拳头大。
现在呀，你听我说：
现在的事情严重得多……

这问题不必多讨论，
道理本来很清楚。
现在要紧的是打德国人，
别把时间耽误。

既然是战争，
那就把什么都忘掉，
连抱怨都没法抱怨。
准备好了上远道，
下来了命令：‘一切都取消！’

过去的生活要停止，
再不要胡思乱想其他的事。
这样你才能当好

冲锋打仗的一名战士。

冒着枪林弹雨
你要去完成任务。
如果活着回来，
就算是额外收入。

碰上了死的时候，
你这个号头就报了账。
咱们牺牲以后，
别人会把咱编歌儿唱。

添油加醋当然难免，
咱也不在乎，随他们的便，
因为咱们打仗，
只为了子孙平安……”

焦尔金负伤

雪的毯子
盖住了壕沟，盖住了坟墓，
盖住了一团团生锈的铁丝，
盖住了弹坑累累的土丘，
盖住了遍体鳞伤的田野，
盖住了沼泽里丑陋的树，
也盖住了一丛丛的灌木。

白色的风雪
给原野蒙上了厚厚的纱罩，
北风吹过路旁，
在熏黑的烟囱里呜呜嚎叫。

在这寸步难行的雪地里，
在这难忘的冬天，
宁静的原野散发着烟味——
不是人家的炊烟，
而是炮火的硝烟！

在树林里，在冻土堆上，
在没有灯火的土窑里面，

在坦克和火炮旁，
在伤风的马身边，
战场上的人们
度过了无数黑夜和白天。

可是不论严寒怎样逞威，
大家并不埋怨天气：
只要能让德国人多吃点苦头，
这时候谁还想到自己！

咱们好心肠的小伙
只希望天气更冷，
因为德国老爷经不起冻，
俄国人冻冻还不打紧，
——咱本是庄稼汉出身。

手套拍打的声音，
还有沉重的踏步声，——
一大清早，普通的一天
又在战场上诞生。

火堆燃得不旺，
一缕烟怯生生地盘旋向上。
一桶水夹着冰块
倒在乌黑的行军锅里哐啷啷响。

一夜没睡好，战士们带着疲倦
从各式各样的洞里往外钻，
跑跑步暖和暖和，
抓把硬得像沙子的雪擦擦脸。

然后排成单行，沿着小路，
各自按着顺序，
带着饭盒和勺子，
一排跟着一排向伙房走去。

管饱的汤，滚热的茶——
这样的生活还不错。
然后又是打仗，又是干活，
又是一声口令：“集合！”

* * *

焦尔金跟在全连后面
走到了树林边，
他摆弄着工具，背着个络车[1]，——
原来是派了他当电话员。

在炮火下雪地变得像煤渣，
全连都把头低下。

① 缠绕电话被复线的工具。——译注

焦尔金摇着电话：“土拉，土拉[①]！
土拉，你听见我吗？”

他向战士们眨了眨眼：
“瞧吧，说通就通。”
他往听筒里吹了口气，
把电话递给了指挥员。

指挥员打电话
总是用他的老办法——
侧身躺着，听筒朝下，
用手挡着，好像划火柴似的，
怕暴风雪吹熄了他的话。
好了，一切都很顺当。
“土拉，土拉，帮帮忙，
来点儿火力给他尝尝……”

当我们在敌人的炮火中
听见自己炮兵的声音，——
言语不能表达，文字也描写不出
那时的兴奋。

在不远的发射阵地上
团炮兵群开了腔，

① 俄罗斯城名，这里用作炮兵的代号。——译注

它激起了空气的波浪，
在我们头上歌唱。
初听上去有些不合调，
这是咱们的老妈妈——师炮兵群，
它也从那遥远的阵地
发出了深沉的低音。

一开了头，就越打越热闹，
一阵阵怒吼，一阵阵呼啸，
活像是打开了鼓风炉。
把周围的目标
摧毁的摧毁，烧的烧，
给步兵开辟着道路。
要打村子就打村子，
要打家屋就打家屋，
要打掩蔽部就命中掩蔽部。
不成呀——你在那儿再待不住，
还不如快把阵地交出！

有谁在那儿留了活命，
身上撒满了沙土，——
你也别高兴得太早，
我们步兵上来
还要用刺刀把你挑。

焦尔金随着步兵连，

往前拉着电话线。
步兵跟着炮火炸点前进，
焦尔金跟在步兵后面。
他的电线敷设得真隐蔽，
敷设下去就不见。
焦尔金既没死，也没伤，——
子弹和他还没有缘。

壕沟围绕的树丛里
突然间火光一闪，
“阿乞！”一声，打出一发炮弹。
焦尔金急忙卧倒，
钻进了雪里，停止了呼吸，

是活着，还是牺牲了？——
连自己也不知道。
只是整个背部和全身皮肤
都听到炮弹在雪地里哧哧叫……

心像羊尾巴似的扑打，
灵魂几乎离开了家。
“什么鬼玩意儿——光躺着不炸，
我哪有闲工夫来等它！”

抬起头来，瞅了它一眼。
它差点儿就躺在脚边，——

短短的鼻子，滚圆、溜光，
上面还冒着一缕湿烟。

看起来活像一头该宰的小肥猪，
就不清楚口径有几厘米。
像这么一个瞎眼睛的大傻瓜，
能把多少条生命炸碎了高高抛起！

偷偷地向周围扫了一眼，
这副景象啊——可笑又可怜，
周围的小伙子全部卧倒，
鼻子藏在雪里边。

焦尔金站起了身，抖掉了雪，
摆出一副勇敢的神气：
“这可不成啊，孩子们，
干吗老趴着嗅那雪地？”

自己在弹坑边站好，
让小伙子们都能看到，
对准了那颗炮弹
他不客气地撒了泡尿……

焦尔金发现了一个地堡，——
也许敌人是从那儿往外打炮？
他把络车交给了战士们：

“你们照直前进。我去迂回包抄。”

往门里塞进一颗手榴弹，
自己也跟着跳了进去，里面满是烟。
“一个一个往外走，
德国士兵和军官！……”

没有声音。只有一线光明，
再往里去还看不清。
看样子什么人也没有。
果然谁也没有，就我一个人。

轰隆隆一声声爆炸。
里面好比在桶里，回声特别大。
情况糟糕透顶：别的发射点
正在朝我占的这个地堡打。

没二话说，打得倒挺准。
多亏了德国人
把地堡修得这么结实，——
为了这点还该谢谢他们。

的确，这个地堡修得挺牢，
这儿不但可以打炮，
还满可以喝茶，
满可以出墙报。

打量了一下，简直是间宿舍：
还有个火炉在角落里，
沿墙摆着一溜木床，
瓶瓶罐罐扔了满地。

一股不习惯的怪味儿
闻起来实在刺鼻：
这儿满是烟草和皮革的气息，
还有德国兵的脏衬衣……

敌人再钻进来吗？怕他怎的？
我现在就打防御战……
进出口都已定在标尺上，
手边还搁着两颗手榴弹。

炮火停了。周围静了。
来了，一个，两个……走近了。

焦尔金，沉住气，
焦尔金，让他走近来，
焦尔金，好好儿瞄，稳稳地打。
心哪，你别跳得这样快。

伙伴们哪，我告诉你们：
简直不相信自己的眼睛，

离我两步开外，
就是个活的德国兵。

他屈着身子，躲着炮火，
穿了一身白的，不知是什么，
他向我走来——来杀死我，
就像是做一件平常工作。

好像是从炕上往下爬，
他坐在壕边往下滑……

焦尔金，好朋友：这一枪可别不发火，
要不然，这次你马上要砸锅。

一个穿短皮袄的军官
动作倒利落干脆：
赶在手榴弹爆炸之前
一纵身跳进了壕内。

他完好无损地站了起来，
焦尔金在地堡门里守住。
德国军官的手枪开了火，
焦尔金呢，一刺刀捅进他的软处。

可是，自己也慢慢地坐下了，
轻轻的一阵抽搐。

摸了摸右肩——负伤了，
湿漉漉。热乎乎。

手垂到了地上：一摊血——
敌人的还是自己的也分不清。

突然间，重磅炮弹落在附近，
土地猛地一震。

紧接着又是一声爆炸，
周围变得一片昏暗了。

这是咱们的炮——小伙子明白了，
是咱们的在往这儿打。这下完蛋了。

被炮声震聋了耳朵，
焦尔金垂下了头。
土拉，土拉，这是怎么回事？
要知道这儿还有自己的战士。

他坐在地堡里面，
血已经把衣袖完全浸湿。
土拉呀，土拉，
他不愿意就这样死。

他的肩膀那么疼，

他的双脚那么湿，
在这冰冷的坑底下
这样死去没有价值！

他舍不得那诱人的生活，
他还想稍微再活几天，
至少也要在炕上暖一暖，
至少要把包脚布烤烤干……

焦尔金，不吭气。焦尔金，真难过。
土拉，土拉……你这是干吗？
土拉，土拉，这是我……
土拉呀，我的祖国！

* * *

这时候，远远地，好像是从地底下
传来了深沉的音响，
平稳、和谐、沉重的闹声
越来越近，越来越强。
坦克的声音来自东方。

扁平的肚皮，低矮的胸膛，
背负着自己的重量，
它的炮口直冲着你，
威风凛凛坦克上战场。

在那隆隆的雷声里，
包裹着钢甲铁皮，
各在各的位置上，
像在家里一样，
坐着三四个咱们熟悉的
剃光头的伙计。

哪怕他们是第一次参加战斗，
像这样的小伙子
走遍世界也少有。

他们透过展望孔
对前面的一小方地形进行观察：
这个目标已经被命中，
木料竖了起来，掩盖已经打垮。
不过，说不定里面还有人剩下。

也许是炮手正沉默地等待时机，
不到时候不开腔？

也许等坦克一转向侧方，
他们就会给你个穿甲弹尝尝？
也许那儿是德国自动枪手——
他当然不会傻乎乎地往外闯，
也许他正在窥伺咱们的兄弟，

等待着机会。——对！准是这样！

车长带着两名乘员
顺着墙摸了进去，攥着手榴弹。
没有声音。墙角里可暗啦……

突然里面有人发了言：
“伙计们，这房子已经客满啦……”

这不是敌人要花招，不是欺骗，
这声音听着多熟悉，多亲切。
“帮我一把。本发射点被我占领
已经整整一昼夜……”

在黑暗中，在地堡角落里，
一个战士躺在血泊里。
“这是谁呀？”可是焦尔金不再回答。
随你怎么叫他也不吭气。

他躺着，面色如土，
就是刺他的眼睛，
他也不会动眼皮。——
坦克手，把他救，
你们来得正是时候！

在漫天飞舞的雪花中，

坦克载着焦尔金
在没有路的野地里前进。
炮手紧紧把他抱着，
呵着热气使他温暖，
还用自己的衣服包着。
他也许永远看不见
他所救的同志的眼睛，
但是，这也不要紧……

走遍世界，我没见到
有什么友谊
能比战斗中的友情
更加纯洁，更加崇高。

奖　赏

“不，朋友们，我的要求不算高，
我不愿意想得太远。
勋章我暂时不想要，
给我个奖章，我就没意见。

就说奖章吧——
现在也还不着忙。
等到战争结束了，
等我休假回到自己家乡。

那时候我还活着吗？
恐怕不一定。
今天咱们的任务是作战，
并不是算命。
可是要谈到奖章
那时候请给我挂上，

如果我有功，就该得奖赏。
朋友们，你们可以想想：
不难体会的事情——
战士从战场回到家乡！

你瞧我走出了小车站，
回到了自己生长的村庄。
我一回来，正好碰上开舞会，——
没有舞会吗？那也不妨：

我就到别的集体农庄去，
反正到哪儿也吃香。
不论在哪个乡苏维埃里，
我总能找到开舞会的地方。

虽然我为人并不骄傲，
可是在那天的舞会上啊，
我打算买一包卡兹别克牌，
不再抽这种粗烟草。

我还要找过去的位置坐一坐，——
朋友们，当时我年纪还小，
就在那条板凳下，
我曾害羞地藏过一双赤脚。

我要轻轻地吐着烟，
拿烟卷请周围的老乡。
对大家提出的问题
我答复得不慌不忙。

‘战场上怎么样？’
‘什么样事儿都有啊。’
‘一定很艰苦吧？’
‘也得看什么时候啊。’
‘打冲锋，在你们大概很平常？’
‘是啊，有过不少次这种情况。’

晚会上的女孩子们
一定会把别的小伙子抛在一旁，
她们一定会全神贯注
听我身上的皮带嘎吱吱地响。

那时我就和她们谈谈笑笑，
那时，她们中间哪
应该有那么一位姑娘……
那时节，朋友们哪，
我多么需要一枚奖章！

她呀，只期待着我的话，
只期待着我的目光……”

“且慢，焦尔金。你参加晚会，
遇到了姑娘——一枝花。
在这样的情况下，
要有个勋章怕也没啥？”

“不”，瓦西里·焦尔金答道。
他叹了口气，又重复了一遍：
“不，孩子们。勋章我不想要，
我不愿意想得太远。
我已经说了：我要求并不高，
给我个奖章，我就没意见。”

* * *

焦尔金，焦尔金，好同志啊，
你笑中带泪，泪中带笑，
好朋友，你想得真不少，
你呀，想得太远了！

树叶掉了又发芽
如今绿荫又满道。
可是你斯摩棱斯克的家乡呀，
如今连书信也寄不到。

哪儿是姑娘？哪儿是晚会？
哪儿是你的村苏维埃？
瓦西里·焦尔金，你自己也很清楚，
要往那儿去没有路！

遥望故乡路已断，
你回家的权利已被剥夺。

进行着一场可怕的战斗，
浴血的战斗，殊死的战斗，
不是为了扬名，
而是为了大地上的生活。

手风琴

在通往前线的道路上，
一个皮带扎得挺精干
身穿新大衣的战士
追赶着他的步兵团，
追赶着自己的第一连。

他走得很轻快，
还有点雄赳赳的气概，
因为不但左手在摆动，
今天他右手也能摆：

因为他已经恢复了健康，
加上严寒把树林冻得咔嚓响，
一路上冷风托着掖着他，
逼得他匆匆忙忙。

突然，拐角边一声喇叭，
司机刹了车，甩开了车门：
“坐上来吧，步兵，
抓把雪擦擦脸吧。
路远吗？”

“我刚治好了肩膀，
重上前方。”
“啊，是这样。
是英雄吗？”
“暂时还够不上。”
“带着烟吗？
掏点出来尝尝。”

开着车，抽着烟。
这条路活像个棺材：
两边都是雪堆，
车就在雪胡同里开。
只消稍稍往路边偏一下，
就只好请你脱下大衣来。

“好在随身带着铁锹。”
“是啊，要不就糟了。”
“好在有自己人。”
“是啊，这全靠碰得巧。”

三吨大卡又上了路，
突然前方有队伍。
这时候坐车的只好站着等，
倒不如骑马和徒步。

既然停着，就得利用时间。

可是要谈话却没法攀谈。
司机沉默着。
司机睡着了，
他的头靠着驾驶盘。

在冰雪覆盖的道路上，
他的身后已经扔下了
多少个睡眼惺忪的昼夜，
多少里白茫茫的风雪……

从荒野的树林边
到冰封雪盖的河岸，
不知哪儿来了那么些野炮、坦克、
炊事车、牵引车、
大卡和小车，歪歪斜斜，
有的乱放着，有的排成排，
有的倒车，有的向前。

车轮和履带
在雪地上吱吱叫唤。

旷野里，风更急，
吹进了胸口，吹进了灵魂。
挨着钢铁，冷气袭人，
叫你碰都不敢碰。

“真倒霉：那么长的队伍
找不出一架手风琴，
天又那么冷，——
站着也不成，坐着也不成。”

脱下了手套，搓了搓手，
突然听到有人说：
“手风琴倒是有。”

踩碎了粒粒雪珠，
不知是跳的啥舞蹈——
两个坦克手在坦克边
趁着机会暖暖脚。

“朋友们，手风琴在谁那儿？”
“手风琴倒是在这里，老乡……”

炮手说完瞅着驾驶员，
好像是请他原谅。

“趁着还没出发，能不能玩一下？”
“玩一下，那，当然也不坏……”
“怎么回事？到底是谁的手风琴？”
“手风琴的主人已经不在。”

驾驶员代替炮手回答：

“我们的车长在的时候，
他最喜欢拉……
可现在，我们已经埋掉了他。”

“哦……”这位战士不好意思地
向周围望了望，
就像是他无心之间
得罪了别人一样。

他小心地解释着，
想把问题就此了结：
“我刚才是这样想：
既然闲搁着，玩玩又何妨。”

炮手接着说 ：
“……我们三个本是好朋友。
他就坐在这个炮塔里
参加了昨天的战斗……”

“既然不行，那就算啦。——
我也很善于判断情况，
我呀，参加战争已经是第二次，
我负过外伤还负过内伤。
过去的且不算它，
明天大概还有仗打。”
“咳，”驾驶员说，

“算了，你就拉吧。”

战士刚拿起三排按钮的手风琴，
马上就看得出——是个内行。
开始之前，他先用手指
从上往下按了一趟。

闭着眼睛，他突然拉出了
已经被大家忘掉的
斯摩棱斯克故乡的
悲哀而惹人乡思的调子。

这架成了孤儿的手风琴，
虽然已经破烂，
但是它给前线的道路
突然带来了温暖。

人们从结满霜花的汽车里
走了出来，好像围向火堆。
谁也没顾到打听：一
是谁的手风琴，拉的又是谁？

只有那两个坦克兵——
那个炮手和那驾驶员，
两眼盯着拉手风琴的，
不知怎的听得有些心不在焉。

在旋转飞舞的雪尘中
小伙子们隐约看见一个面影。
好像是在哪儿见过他一面，
好像是在哪儿送过他一程……

正在这时候他换了个调子，
好像是猜到了他们的心思，——
他拉起了《三个坦克手》之歌，
奏起了三个朋友的故事。

这个曲子像是为他们写的，
一 字一句都不差。
戴皮帽子的朋友们
沉重地都把头低下。

手风琴，轻轻地唱，
带着人们飞向远方。
哎，你们哪，我的小伙子们，
你们都还那么年轻！

我本想说得更深情，
可是又想把话自己留下；
我本想拉得更动听，
可惜我功夫还不到家。

我在半路玩出了神，
不小心把话说到了题外，
那么，这就算是我说着玩，
下面咱们还说回来。

大家把拉手风琴的团团围住，
谁都想来暖一暖，挤一挤。
“等会儿，兄弟们，
让我对手上嘘口热气。”

小伙子已经冻僵了手指，
简直需要用急救包。
可是有人说：“你别拉这些华尔兹，
不如来个俄罗斯的好……”

于是他又把手套一扔，
样子显得更精神，
好像他手里拉的
也换了一架手风琴。

这时大家又像忘了，又像没忘，
反正是暂时不再去想：
谁已经在什么地方躺着，
以后又会轮到谁头上，

谁又能活着走完

那漫长的道路，
回到家，见到妻子，——
可是妻子在哪儿？家在何处？

听到了琴声，一对跟着一对，
大家马上离开了原地，
拥挤的人圈跳暖和了，
呼出一股股的白气。

“女舞伴们，跳得活泼点！”
“注意别踩脚尖！”

这时生怕迟到，急急忙忙地
跑来了咱们那个司机员。

看来这也是个一家之主，
只不知老家在哪儿住。
“快让我参加一个，要憋死我了！”
只一声喊得大家闪开一条路。

他来势汹涌，
横冲直撞，
跳出那么一些姿势，
叫我说都说不像。

好像是过节开舞会，

跳弯了木屋的地板，
逗乐打趣的话
一筐一筐倒不完。

“可惜这雪地踩不响，
哎，朋友们哪，
要是有石板铺的跳舞场，
那该多漂亮！
真想把毡靴脱掉，
再钉上个鞋后跟，
一二三——只这么一跳，
就叫那鞋跟马上报销！”

手风琴，轻快地唱，
带着人们飞向远方……

哎，你们哪，我的小伙子们，
一个更比一个强！

这些小伙天不怕，地不怕，
水里火里都不算啥。
只要响着手风琴，
天塌下来也不管他。

手风琴的音波潺潺地流，
一声一声传到心头。
只听得两个坦克手
对拉手风琴的说：
“朋友……

咱们好像曾经见过，
不过是不是你，记不太清：
好像是我们在战场上找到你，
把你送到了卫生营，
你全身衣服都浸透了血，
你还不断地要水喝……”

拉琴的压低了琴声：
“这简直是非常之可能。”

“我们的坦克现在要修理，
和你不同道了。”
“是啊。”“这架手风琴，
你就拿去好了。

你拿去，尽情地拉，
拉手风琴你是行家。
你可以让你们的步兵开开心。”
“这哪能行？朋友们，这算啥？……”

“没关系，”驾驶员说，
“没关系，你尽管拿去玩。
我们的车长最爱手风琴，
这个你就拿去做纪念……”

这时从远远的树林边，
穿过几千个车轮，
从纵队的先头到后尾
传来了“就车！”的口令。

又是山连着山，又是谷连着谷，
又是夹道的积雪夹道的树……
瓦夏·焦尔金继续前进，——
原来拉手风琴的正是他，不是别人。

两个兵

暴风雪在野地里呼啸，
战争在五六里外嗡嗡地响。
木屋里，老大娘坐在炕头，
老大爷靠在窗旁。

迫击炮弹在爆炸。这熟悉的声音
叫人背上一阵阵发凉。
这就是说，焦尔金回到了家，
焦尔金又回到了战场上。

老头儿对这些早已习惯，
他听着毫不介意，只说声：
“远弹[①]！老婆子，安心躺着吧。”
要不就说是：
“近弹[②]！”

老大娘蜷缩在炕头，紧挨着墙角。
她过去从来就没有尊敬过他，

① 远弹是落在目标后方的炮弹。——译注

② 近弹是落在目标前方的炮弹，远弹与近弹都不能命中目标。——译注

虽说在一起生活了那么些年，
可是净跟他在炕头上吵架，
连家里的各种钥匙
也从来不叫他摸一摸。
唯有今天她才又惊慌，又佩服，
悄悄地注视着老头儿的动作。

老大爷穿上皮袄，坐在桌边，
戴了眼镜来锉一把旧锯子。
听了那声音他嘴唇儿直打歪，
好像口里吃着酸橘子。

“你瞧这把锯子就是怪：
左锉右锉，怎么都锉不快！”
焦尔金，站起了身：
“也许是，老大爷，
它的锯齿没错开[①]？”

他接过了锯子，说是：
“咱们先别慌……”
锯子提在他手里，
活像是梭鱼提到了水面上，
带刺的背脊两边晃。

---

① 为了使锯身与木材间减少摩擦，推拉容易，必须使锯齿左右交互偏错，俗称“锯路”。——译注

晃了一阵，稳住不动了。
焦尔金眯着眼：
“果然是这问题。你看。
老大爷，找把整锯器，
咱们把锯齿扳一扳。”

没用的锯子到了他手上，
从这头到那头过了一趟，
那么听话，那么顺溜，
真叫人看着也舒畅。

过了一趟，就变了样。
“老大爷，你拿去，
这回它干活保险赛过新锯。
你别再冤枉了好工具。”

主人不好意思地
从战士手里把锯子接了过来，
小心地放在屋角里。
“瞧咱们当兵的，到底有能耐。”

老大娘说：“我的这个老兵
岁数大了，眼睛瞧不清了。
还是请你瞧瞧我们的挂钟吧，——
上次大战的时候就停了……”

取下钟一瞧，灰真不少，
好像是久不打扫的磨坊。
蜘蛛已经在发条上面
结了重重的蜘蛛网。

自从老兵把它挂在新屋子里，
已经过去了不知多少年：
在简陋的木板墙上
留下了显眼的一块白斑。

焦尔金把这口钟细细检查——
到底是钟，比锯子要复杂，
咱们的专家轻轻地吹了声口哨：
“情况有些不妙……”

可是他用锥子这儿那儿捅了一会，
在灰尘里找了一会，哈，有了！
朝里面吹了口气，——
你猜怎么样？——钟走了！

他拨着时针，转到四点半，
往前拨，往后退……
“瞧，到底是咱们当兵的，”
老兵感动得流出了眼泪。

老大娘呢，她坐在炕上听着，
手掌挡在耳朵背后：
“哎呀，走着呢！
瞧这孩子，真是个机灵鬼儿……”

不说老大娘吃惊，且说咱们的小伙
还想找点事情来服务。
“也许你们需要煎猪油吧？
那我又可以进行帮助。”

老大娘一听发了愁：
“猪油，猪油！哪来的猪油……”

焦尔金说：
“老大娘，有着呢！
德国人没来过，
这儿就不会没有。”

他等着回答，又加上一句，
两眼朝脚底下望着：
“老大娘你要不要我来猜一猜
猪油在哪儿放着？”

老大娘“哎呀”一声，
在炕上手足无措：
“老天保佑，这怎么行……

你闭嘴，不让你说！”

老大爷调皮地
碰了碰客人的手臂：
“瞧，到底是咱们当兵的。
告诉你：猪油锁在柜子里。”

老大娘掏钥匙摸索了半天，
下了炕，拿出猪油来煎，
既然忍着心疼，那就干脆
再打两个鸡蛋。

煎鸡蛋哪煎鸡蛋，
又营养，又美味。
有了下酒菜，按照俄国习惯，
就得先来干一杯。

“这是医生发给我的，
叫我在路上喝了保护健康。
主人哪，咱们就一人一口地喝，
像打仗的时候一样。”

他拧开了水壶盖：
“不算太多。喝吧，老爷爷。”

老大爷呛住了，

连忙挺了挺腰干，
说了声“对不起。”

拿起块面包闻了闻，咬了两口，
就已经填饱了肚皮。

战士呢，把水壶举到耳朵边
摇了两摇，说：
“随你怎么精打细算：
到打仗的时候，
剩下的这么几滴
反正也不够取暖。”
“祝你活着！”
“干了吧！”
“干！……”

他们肩并着肩，坐在桌边，
好像是两兄弟。
他们谈着兵士的话，
争论得既热烈，又和气。

老大爷发了急：
“同志，你让我发言：
你别向我吹你的毡靴，
那玩意儿有什么稀罕？

打湿了，在掩体里烤都烤不干。
只要有一双皮靴
加上绒的包脚布，——
那我就成了神仙！”

不知谁家后院里，一颗炮弹
又一头撞进冻得梆硬的土地。
瓦西里·焦尔金
　　　　　　　就像没这回事，
老大爷老兵
　　　　　连理都不理。

“这些玩意儿，在我们那时候，”
老大爷吹开了，“不算个啥！
有时候正吃着饭，

弹片掉进了饭碗，
——这可不是瞎话。

掉了进去不怕它，
只消用勺子挑出来，
可是要打在你身上，
马上就得回老家。”

“可是老爷爷，你听我说，
你们当时没挨过轰炸。”

“这我没话说，
这是科学，这是事实。
可是你再告诉我：
你们有没有一样普通东西？”
“什么？”
“虱子。”

焦尔金蘸了蘸猪油，
不紧不慢地吃着面包，
回答之前微微一笑：
“局部的有几个……”

“有吗？那你才是军人，
你才有资格和我讨论。
你这个兵，虽然才这点年纪，

可是当兵的碰到当兵的，
就是亲兄弟。

请你老实告诉我，
请你不要开玩笑，要认真。
请你用军事观点
回答我这个疑问。
请你说说：咱们能打赢德国人，
还是打不赢？”

“老爷爷，别着急。
等咱们吃饱了，我就告诉你。”

有这样漂亮的下酒菜，
光看着也叫人发馋。
他吃得不少，
可是并不狼吞虎咽。

把煎锅打扫得光溜溜，
焦尔金站起身来，
好像一下子长高了一个头，
把叠得方方的手绢
拿到嘴边擦了擦油。
他搓了搓手
恭恭敬敬
谢了老大娘，

也谢了老兵。
他不声不响地扎好皮带，
看了看东西有没有带全，
瞧了一眼墙上的钟——走着呢！
然后有礼貌地说了“再见”。
他又想了想，又检查一番，
把身上整顿得端端正正，
最后他在门口叹了一声，
才说：“老爷爷，
咱们能打赢……”

暴风雪在野地里呼啸，
战争在五六里外咆哮。
木屋里，老大娘坐在炕上，
老大爷靠在窗旁。

在俄罗斯祖国的纵深中，
挺着胸膛，迎着风暴，
瓦西里·焦尔金走过积雪的原野
去打德国强盗。

损　失

有位战士丢了皮烟袋，
找来找去——好比石沉大海。

战士说："真倒霉。
千桩祸事一齐来：
丢了一家老小还不算，
这回又丢了皮烟袋！——
猛可想起，已经影子都不见，
你瞧这事儿怪不怪。
丢了房子和院子，这也罢了，

偏偏又丢了皮烟袋。

要是年纪轻些还好办，
可是我已经四十开外……
丢了家乡，丢了世上的一切，
还捎带个皮烟袋。”

他委屈地朝四边望望：
“少了烟袋儿
就跟少了只胳膊一样。”
在不舒服的校舍里
不是小学生在书桌边坐着，
却是一群大汉
在碎麦秸堆上卧着。

没事儿的战士们都在睡觉，
就是大胡子在伤心发牢骚：

“少了烟袋，连这烟草
也变一股味儿了：不够劲！
焦尔金同志，你瞧，我这命！”
焦尔金不同意大胡子的意见：
“什么命不命的，
这种事情谁都可能碰见。
比起我那回来，
你这损失还算是轻的。”

他且不说话，煞有介事地抽了口气。
有些人已经悄悄坐起。
焦尔金在被服囊里掏着掏着，
掏出了一顶帽子。

这是一顶普通的毛皮帽，
和他头上戴的正是一对姐妹。——
本来一人只有一顶，
哪来的这么一对？

焦尔金说开了头：
“那天，坦克把我送到了卫生营。
可是我的暖帽丢了，
我马上感到不对劲。

我倒不是怕冷，
我是怕丢面子。
因为战士不戴帽子
就和不扎皮带一样——
算不得一名战士。

一位小姑娘，那么温柔，
小心翼翼地包扎我的伤口，
看得出来：她干这一行
时间还不很久。

‘帽子，我要帽子！要不，
我就不走，我就在这儿不动。’
我嚷着，几乎是哭着，——
我的伤本来很重。

她呢，这位姑娘，
好像是哄小孩儿睡觉：
‘你的帽子没有了，’她说，
‘我给你戴上我这顶帽。’

她弯下腰，给我戴好，
还安慰我‘别发愁’。
没顾到我满脸的胡楂子
刺疼了她白嫩的小手。

我这辈子戴过多少帽子，
简直没法统计。
可是这一顶啊，闻起来
都有种特别的香气……”

“哈，你这叫作想入非非。”
“空想好事，净做美梦。”
“你为什么保存着这顶帽子？”
“它对战士多么贵重！

我留着它做个纪念。
此外我还可以告诉你——
不过这是个秘密：
我保存这顶帽子
还有一个目的。

在一个美妙的傍晚
我们会突然见面，
那时我就说：
‘值此相会之际，
请允许我将帽子归还……’”

瓦西里说到这儿站起身来，
好像是上了舞台，
在战士们的哄堂大笑中
他做出庄重的姿势，
念着要对那位姑娘说的台词。——
可是那位姑娘啊，
对他才说过五六个字；
而在这场战争中，
她经手包扎的这种年轻人
恐怕有整整一个营！

“好小子！从哪个政治讲话里
把这样的句子背了下来：
‘值此相会之际……’

这才是呢。而你，
　　　　却光惦着烟袋！”

“这问题，很简单，
单身汉在战场上要快活得多：
不必像我们这样，
想家，想孩子，想老婆……”

“单身汉要快活些？
这算叫你猜到了。
可是相信我：我故意没结婚。
老兄，我呀，我早就知道了！”

“你？你能知道个啥？
连我们事先都不知道
战士要离开自己的家，
战火要烧到咱门前；

不知道它会像发大水，
把地面淹没一大片；
不知道咱们的战壕
要挖在莫斯科城边。
你呀，你知道个啥？……”

“你别发急，
别瞧我个子小。

我即使不完全知道，
即使连一半儿也不知道，
即使连四分之一也不知道，
——我多少总知道。

别瞧我是在集体农庄学的文化，
没有到首都去上学校。
可惜我的手风琴搁在辎重车上，
不然真可以把你开导开导。

我的同志，我的友邻，
这一点咱们得指出来：
咱们在世界上活了多少年？
二十五载！[①]而你，
　　　　　　　　却光惦着烟袋。”

在笑声和闹声里
大胡子又在麦秸堆里翻，
四下里都摸了个遍：
“少了烟袋儿
就跟少了只胳膊一般……”

“丢了烟袋，的确，
就不像是一个兵。

---

① 指十月革命二十五周年。——译注

原来烟袋也是军用品。
你拿着我的，看成不成？——

拿去吧，这没妨碍，
我为人本来很慷慨。
过年人家来慰问，
准会送我五个烟袋。”

大胡子接过旧烟袋，
就像小孩儿穿新衣那么高兴……
这时，瓦西里·焦尔金
仿佛想起了一件事情：
“听着，老兄。

丢了家，并不可耻——
这不是你的过失。
丢了脑袋——有点伤脑筋，
可是打仗嘛，这是没法儿的事。

丢了烟袋，如果
没人再给缝一个，
我承认，——也很难过，
可是没有它也可以活。

拳头心里攥着烟草，
也还可以熬一熬。

可是俄罗斯母亲哪，
咱们无论如何不能丢掉！

咱们的祖父不允许，
咱们的子孙不允许！
咱们在世界上活了多少年？
一千年吗？……还有余！[①]

咱们还会在世界上活多少年——
一年两年，还是千年万代？——
这要由咱们来负责。
老兄，这才是呢！而你，
　　　　　　　　却光惦着烟袋……”

① 指俄罗斯的历史。——译注

决　斗

德国人强壮又灵活，
身体结实，个儿又高，
一双好像钉了马蹄铁的脚
站得稳稳当当的，
甭想吓唬他，吓他也吓不跑。

这家伙脸刮得干干净净，
保养得挺好，
在战场上，在别人的土地上
吃饱了免费的给养，
刚才还暖暖和和睡了一觉。

他不要把式，光狠狠地打，
他满有把握要打倒他的敌手。
他的大手戴着俄国手套，
硬邦邦的，像块大骨头……

焦尔金并不想和死亡捉迷藏，——
他把心一横，咬着牙打硬仗，
他明知在决斗中他比对手弱：
吃的伙食不一样。

战场上有这么一条老规矩；
退却的时候——拼命地吃；
防御的时候——马马虎虎；
进攻的时候——不免饿肚。

德国人猛地一拳，
焦尔金的下巴好像歪到了右边。
这时他也顾不到瞄准，
一拳打在德国人两眼之间。

还没来得及把第一口
又辣又咸的血吐在雪地上，
德国人照他下巴又加一拳，
正打在痛处，又是那么大力量。

靠得那么拢，挨得那么近，

弹盘、弹夹已经都用不上，
自动枪去他妈的——扔在了一边，
这时要有刀子才帮得上忙。

两个人在汗气腾腾中厮打，
这时哪里还谈得到别的？
焦尔金奋力招架，
免得被人打掉了牙。

因为焦尔金在战斗里
把自己的下巴
　　　　　　保护得挺严密，
德国人这次狠命一拳
像铁棍子似的
　　　　　　捌向他的肚皮。

焦尔金暗暗叫声“不好”。
幸亏身子轻巧，
连忙闪过一边，
要不然这下准得完蛋……

刚立定脚跟，急切之间
焦尔金也还了德国人一家伙，
使劲儿太猛，连自己的胳膊
也险些儿脱出了肩窝。

去你妈的！幸而没有打歪。
虽然自己已经少了几颗牙，
可是德国人的右眼
也已经不能进行观察。

捉对儿厮杀，这可不是闹着玩；
虽然自己涨红了脸，
可是德国人也满面通红，
活像个红鸡蛋。

一寸以外就是敌人。
鼻子对鼻子。真挤！
闻了都叫人作呕——
德国人口里那股臭气！

焦尔金狠狠地吐了口血，
他妈真臭！简直要熏坏人。
呸！这个浑蛋
准是吃了大蒜！

你急急忙忙往哪儿走？
找女主人吗？——
“女人，鸡蛋的有？
女人，牛奶的有？
统统的拿出来！”

你是什么人？谁叫你光临？
谁叫你不擦靴子、不脱帽、不敲门，
就在门口出现
来找我们的女人？

谁叫你和老太婆比力气？
“统统地拿出来！”——
不成！你是什么人？
为什么我们俄罗斯人
有供你吃喝的责任？

莫非你是个可怜的残废人，
或是我们的朋友
在旅途中迷了路，
向我们请求
　　　　　借住一宿？

如果是好人，
我们愿意收留。
可是你并不需要帮助，
你的力量足够。——
你要人遵守
　　　　　你的秩序，
你处处规定
　　　　　你的法律。

你到底是什么人？我闹不清，
你是谁的儿子，是谁的父亲？
从外表看来你倒像个人样，
可是你真是人吗？——
不是。你是个恶棍！

两个人绕着圈子，踏着步，
像是一对舞伴在跳舞，
他们互相盯着对方的眼睛：
野兽盯着野兽，
仇人盯着仇人。

好像是在古战场上，
胸对着胸，好比是盾对着盾，——
两个人代表千军万马来决斗，
好像这场格斗决定战争的命运。

在小村子旁边，
他们看见了白昼的第一道光线，
飞机、坦克、野炮——
都在这两个人后面。

可是格斗与它们无关，
它们那边一点声音也听不见。
焦尔金独个儿在厮打，
他用胸膛、用全身扼守着战线。

在那个阴沉的后院里，
在被遗弃的屋子门前，
焦尔金迷迷糊糊地咽着一口口血，
独个儿扼守着战线。

勇敢的小伙子在拼命，
一股股汗气向上升，
这时仿佛整个伟大的国家
都看见了焦尔金：
　　　　　　　　“真英雄！”

咳，又何必要全国看见？
哪怕是全连在远远的地方
能看见他干的活，
能看见这儿的情况……

可是焦尔金并不抱怨：
咱们来拼死活，
并不是拼给人看的。
有人看见固然不错，
没人看见，也就算了……

勇敢的小伙子在拼命，——
在战场上不应该气馁。
这时候他的右手

已经不大听指挥。

因为有那处旧伤，
骨头都在吱吱地响。
这时候他只希望是个左撇子，
从左边打起来好更顺当。

焦尔金
真机灵，
一边打一边擦着血和汗。
焦尔金
累得不行，
可是敌人也已经没那么强悍。

敌人的着装[1]已十分不整，
面孔也变了个烂苹果。
血滴像冰溜子似的挂着，
可是战斗还打得正热火。

德国人要强。
焦尔金不示弱。
“你凶，我也狠，
你是魔鬼，
　　　　　我就是恶魔！

---

① 军语，按规定式样穿着军装叫作着装。——译注

你还不识我的脾气，
我的脾气要算头一号：
你把我焦尔金撕成碎片，
我也不求饶。

有人在一次死亡面前发抖，
有人面对一百次死亡
也只说声‘呸！’
就算你是魔鬼。——我们的魔鬼
比一切魔鬼
要凶一百倍。

你打吧，我咬紧牙。
你甭发慈悲。
如果打死了我，
我就像壁虱一样
死死咬住你不放，——
死人挂在活人身上。

只要你能先把我打翻，
怎么整我我都没话讲。

啊，原来这样！
想用钢盔来帮忙？
下流勾当！好吧！”

于是，
仇恨痛苦都在拳头里攥，
好比是个没拉弦的手榴弹，
焦尔金左手一挥——吧嗒！

德国人哼了一声，瘫倒在地下……

焦尔金衣领敞开，往雪地上一坐，
一口口吞雪来解渴，
他一副愁容，喘着粗气，——
今天干的可是件重活。

完成了侦察任务，
清晨回营，
朋友们哪，这时候心里
该有多么兴奋！

走在苏维埃的土地上，
心里遏制不住沸腾的思想：
肩上背着一支
德国造的自动枪，

前面三步的地方
押着个夜间的猎获物——“舌头”，
催着他：“走！走！……”
走向他所不愿去的方向。

一路上遇到的每一个人
都是自己人。尽管不相识，
可是看到你活着回来，
大家都从心眼儿里高兴。

正正规规地做了报告，
不慌不忙地交出了缴获品。
然后就请你好好儿吃一顿，
爱吃多少就多少。

司务长发给一杯酒，——多了不成，
咱们司务长管得才严呢。
请你在炉边躺下，睡会儿吧——
战争还没完呢！

一条战线通向右，也通向左，
二月天，北风怒吼，雪花飘落。
进行着一场可怕的战斗，
浴血的战斗，殊死的战斗，
不是为了扬名，
而是为了大地上的生活。

作者的话

咱们的书已经翻过了一百页，
前面还有好多里地。
歇会吧，老弟。不休息吃不消了，
让咱们喘口气。

咱们喘口气吧。你要知道：
从古到今
谁也不能把那么长的故事
做一次听。
何况故事又那么单调，
讲来讲去，讲的全是战争。

讲的是雪，讲的是火，讲的是坦克，

讲的是掩蔽部和包脚布，
讲的是包脚布和掩蔽部，
还有旱烟
　　　　和严寒……

当今谁都三句不离本行：
渔民开口就讲撒网，
管林人夸的是木料，
泥水匠吹的是泥浆，
面包师谈的是发面，
马郎中谈的是畜牲，
那么，战士和将军
当然也离不了谈战争。

谈战争——原因很简单：
因为正在打仗。
可是咱们真正想的
却是战胜敌人，回到家乡。

只等到算清了账，
让战士回到家乡。
到那时，他愿意听你
把这个故事从头讲，——

把他亲身体验过的，
脚走过的，手做过的，

眼睛见过的一切
原原本本地讲一遍，
他听起来什么都甜。
到那时有多少要讲的，
朋友们哪，咱们暂且不管，——
那么些话，一下子哪里说得完……

坦克压，手榴弹打，
刺刀刺，炸弹炸，
冻得梆硬的土地用铁锹挖……
可是战场上兵士的心
却更爱听和平的话。

读者朋友啊，难道我不知道，
生活比战争更美好？
可是战争正恶狠狠地冲击着堤防，
像一片大海在堤边咆哮。

我只想说：咱们应该
制服这片战争的大海，
把这条堤防
推出祖国的土地外。

可是现在，当咱们的大片土地——
祖国的土地还被敌人占领，
我——一个热爱和平生活的人，

只有在战争中歌唱战争。

还有什么呢？好像没了，
这本书讲的仍是战士的故事。
它没有头，没有尾，
也没有特别的情节，
可是却讲得老老实实。

战争中本没有什么情节。
“哪会没有？”
“事实如此。”

兵役法规定你按期服役，
服役就是干活，当兵不是做客。
叫你就寝——立即就睡着，
叫你起身——跳起来集合。

发生了战争——兵士就上阵，
敌人凶——你也要狠，
命令你前进——你就前进，
命令你拼命——你就拼命。

在战争中，每一天，每一小时，
你都得按命令办事，
从古时候直到今天，
没有指挥员的命令，

兵士不但不能搬个房间，
就连包脚布也不能换。

你不能结婚，
也不能谈恋爱，
更不能像从前的伯爵那样，
因为失恋，一气之下跑到国外。

至于什么“在泉边”“在井旁”，
还有挨着谁家的门，
说是咱们的英雄碰到一位姑娘，
马上就一见钟情，——
这种事情只有在歌里唱唱，
哪里可以当真？

说到咱们的英雄，就顺便提一声：
他今儿还活着，身体也不错，
可是他并没有什么法术
可以把弹片和讨厌的枪子儿躲过，
说不定哪天，那枪子儿不长眼，
胡碰乱撞地叫它碰上了，
老弟呀，咱们的故事就得告一段落。

炎炎的热风迎面扑来，
吹得那朝不保夕的生命
像一根枯枝在树梢摇摆。

谁能说到尾，谁能听到底——
咱们预先还没法儿猜。

趁咱们还没有
在战场上无言地分手，
也许我还来得及
再谈谈我的朋友。

下面就另外起个头，
不过我的调门儿却没啥变化。
大炮上战场要倒拖着走，——
这本是自古以来的老办法。

“是谁打的？”

昨天的战火冒完了烟，
钢铁已经凉了，汗水已经晒干。
散兵壕散发着耕地的气息，
这简直是个和平而宁静的夏天。

一里外的丛林中就是敌人，
这距离要用尺寸来衡量。
这儿是前线，是战场。迷人的黄昏
却降临在这空旷的原野上。

黄昏笼罩住昨天战斗的足迹，
笼罩住打得稀烂的小道，
笼罩住双方阵地间被踩乱了的
白长得那么好的牧草，

笼罩住大地的麻脸、
遍地的车辙、弹坑和战壕，
在激战中，死亡的火焰
已经把战壕的边缘烧焦……

不知从哪儿传来一阵声音，

它枉然轻轻地飞着，
这善良的、熟悉的、久违了的
黄昏的声音——一个五月的金龟子！

它那不合时宜的伤感的温存
扰乱了战士们的思想。
他们坐在各自的掩体里，
钢盔上的露珠闪闪发亮，

心哪，却被愁思笼罩，
突然记起了自己的家乡。
这儿是前线，是战场，
可是想的却是另一样：

仿佛是趁着晚上出去放马，
赶紧溜到“跳舞场”去玩，
仿佛是跳完了舞，
悄悄地往白桦林里一闪，
把姑娘送到了她家门前，
（和她接吻吧，别当傻瓜！）
迈着轻快的步伐，走回了家，
母亲已经等得不耐烦……

　　　　　　　　　　　　但是，突然——
一阵，两阵，远方传来了
新的声音——双重的哼哼，

开始还听不真，
可是只一刹那，就变成了
清楚的、令人心烦的闹声。

就是这种声音，
在战争初期它只消一响，
在靠近前线地带开车的司机
就会四散奔跑，往野地里藏。

它哼哼，它嚎叫，
它老是唱着那讨厌的调调。
可是，不论你多么想躲一下，
你在这地方却不能跑。

你在这高地上就像一根铁钉
钉进了地。别发闷：
按照咱们的说法
这不过是开个小洋荤……

小伙子们默默地等着，瞧着，
咬紧牙关免得发抖。
就在这种情况下，
照例又有人开了口。

他对大家真关心，
他先警告大家提防：

“这一回它拐过弯来
就要干活了。这回够呛。
够呛！”

飞机一头冲下来，
发出吓人的嚎叫，
人人口中都准备喊出：
“卧倒！”
这时再没有别的口令
像这两个字那么有效……

死亡啊死亡，自古以来
人人都等着你的光顾。
可是究竟在哪个季节
战场上死起来比较舒服？

夏天太阳多温暖，
百花齐放正灿烂。
这时候丢了命，那也未免
太冤！夏天吗？——不干。

秋天的景色和死亡倒还相配，
万物沉沉都入睡。
可是叫我一头倒在这沟底的
烂泥里吗？好朋友哇，这多倒霉……

冬天呢，泥土冻住两米深，
好像石头梆梆硬，
拿这种土块堆在你身上——
哎呀，去他妈的，冬天哪行！

春天哪春天，不用研究，
可以把结论说在前面：
如果说夏天死起来苦，
秋天死起来也不甜，
如果说冬天一想起来就打寒战，
那么在春天，朋友们哪，
要碰上这号倒霉事，那实在太惨！

却说你一下子变得那么驯服，
卧在大地的胸膛上，
只有你自己的背脊
抵挡着黑暗的死亡。

你俯卧着。你还是个小孩儿，
连二十岁也不到，
可是这一次你算完了，
这一次你要报销了。

于是你双手捧着头，
于是你忘了，忘了，忘了
当你晚上放马的时候，

马儿怎样吃草……

死亡擂着耳鼓轰轰地响，
于是那个美妙的黄昏，
还有你心爱的姑娘，
都去得远了，远了，远了，
还有朋友和亲人的脸，
还有你出生的房子，
还有板墙上的一块疤……
喂，战士，这样不成！在战场上
趴在地上祈祷，这哪像话！

不成啊，同志。做一名战士，
就要骄傲顽强
恶狠狠地面对死亡。
如果确实是一切都完了，
也要把口水吐在死神脸上……

咦，这儿出了什么事？
这哪能闹着玩——敌人火力那么密！
只见一个人爬起身来，
用步枪跪射打飞机。

七六二口径的步枪
帆布背带系得紧，
用的这种子弹头

钢甲见了也怕三分。

这场力量悬殊的战斗时间很短，
标着十字徽[①]的敌机
晃了一下，好比是，船快翻，
水已经漫过了船舷。

它侧着身子转着圈，
还在草地上空翻筋斗，——
得了吧，你省点事，快来个螺旋[②]
栽下地来，别耽搁时间！

步枪射手瞧着吓了一跳：
这结果，自己都没料到！

高速度的、现代化的、黑漆漆的、
双发动机的军用飞机——
好一个钢做的玩意儿，
怪声号叫着，咕咚一声钻进了地，
——想把地球穿个洞，
好到美国去观光。

“没穿通，没使足劲儿……”

---

① 法西斯德国军队的标志。——译注

② 飞机失去正常操纵后，沿螺旋线急遽下坠叫作“螺旋”。——译注

“可能是没选对地方。”

“是谁打的？”司令部来了电话，
“是谁打的？打中哪儿？”

副官们东寻西找。
听筒里传来了将军的声音：
“是谁打的？马上给我
把英雄找到！”

是谁打的？

是谁没有在掩体里趴着，
没有闷着头想家？
他是谁？——他真是个好小伙，
不是高射炮手，也不是飞行家，
却是个英雄，不比他们差。

瞧吧：这位肩着枪的就是英雄，
瞧大家向他祝贺。
大家似乎有些不好意思——
不知是为的什么。

也许是，有几分惭愧？
听这位中士说得倒直率：
“您瞧瞧，小伙子真走运，
得勋章好比是伸手从树上摘！”

小伙子，不怠慢，
马上回他一句笑话：
“别难过，别埋怨，
德国人飞机有的是，
这还不是最后一架……”

这句笑话传遍了全营，
焦尔金成了英雄，
原来打飞机的就是他——
这个我不说读者也懂。

英　雄

“朋友们，既然又提到了
奖赏的问题儿，
那么，不开玩笑，
让我再补充一点儿。

话说那次我住医院，
一天又一天，躺着不能动。
有一天有人在背后瞅着我，
我回头一瞧，原来是位英雄。

看上去他年纪挺小，
只好算个小鬼。
我心里有些惭愧：
他是英雄，为什么我却不配？……

我们俩谈开了话，
一开头我就发问：
‘你府上哪儿？
是不是我们那儿人？’

他瞅着我：

‘哪儿是你的家乡？’
我说：
‘如此这般，
我的家乡就是斯摩棱斯克，
咱们俩可能还是老乡？’

只见英雄欠了欠身，
还把脑袋一扬：
‘你这话从何说起，
我家住在唐波夫地方，’
说着，还摸了摸胸前的勋章。

说到这儿他一下打住。
好像是想叫我闹闹清楚：
斯摩棱斯克地方
哪能出像他这般人物。

他生在东来我生在西，
两个地方是两样水土，
两样的河流，两样的山冈和草地，
连那瓢虫和金龟子也两样……
你呀，瓦西里·焦尔金，
谁叫你傻里傻气去攀同乡！

是不是这意思——我不知道，
只是我焦尔金的心

却感到我的故乡
真是孤苦伶仃，
在众人口中无声名……

突然间我心里那么憋气，
简直没法提起。

不错，我一向
为人并不骄傲，
可是等我把勋章挂上，
我就要说：‘你瞧瞧！’

我们并不想拉同乡，
我们有自个儿的家乡。
你是唐波夫的？那挺不错。
可是斯摩棱斯克的——瞧，就是我。

我并不是随便哪儿的，
不是某省某县
没名堂地方的老表，
而是地地道道的斯摩棱斯克人，
按人家给我们起的外号
就叫作斯摩棱斯克的号角。

我不是吹嘘我的家乡，
可是，任你走遍世界——

谁吹起号角来，比得上
咱们斯摩棱斯克的爷爷？

雄赳赳的花白胡子，
　　快把号角吹起：
‘喂，我的美人儿呀，
　　你走向哪里？……’

尽情吹吧，尽情唱，
　　尽管没词儿也动听，
号角带着眼泪
　　唱出了欢乐和爱情。

单单为了这古老的
　　号角的音调，
叫我回家去一百次，
　　我也不嫌千里迢迢。

兄弟们哪，我不需要扬名，
　　也不需要勋章，
我需要的，我心疼的，
　　是我的祖国，我的故乡！”

将　军

战争弥漫了半个世界，
呻吟的声音两个夏天没断。
战线像一条腰带，
拦腰把国家劈成两半。

这边是拉多加湖，那边是顿河——
这边那边都是一般……

这边马儿拉着炮，
在冰封的山路上滑倒了，
那边苹果树已经开了花，
水兵只穿一件海魂衫，
拖着机枪在草原上跑……

这边炸弹炸平了城市，
炸沉了海上的船。
那边坦克在爬山，
灾难正涌向伏尔加河畔……

这边，在防御地段里
是焦尔金躺着晒太阳，
好像是在自己后院里，
好像不知道这儿是战场。

一条小溪多荒凉，
流过树林，流过战场。
焦尔金洗完了军衣军裤，
挂起来晒在小溪岸上。

自己躺在太阳下，
伸开两臂拥抱大地，
就这样躺着，打着盹儿，因为他呀
一年来几乎没有好好休息。

那小溪并不深，
一脉清清的泉水
在他的赤脚旁边
轻轻地摇着芦苇。

溪水冲洗着水底的小石子，
发出一串串软语温存。
于是耳边好像听见了一篇童话，
又像传来了梦里的歌声。

我洗脚在小溪边。
　　小溪呀，你流向何方？
也许你拐一个弯，
　　就流向了我的故乡。

也许你只消拐一个弯，
　　就顺路到了我的故乡，
你只消轻轻巧巧地一钻，
　　就钻过了带刺的铁丝网。

你流出丛林，只一闪，
　　就流过了敌人的步哨，
你在德国散兵壕间流过，
　　也绕过了掩体中的野炮。

你在那边和这边一样，
　　还是走你自个儿的老路，
一路上徒步和乘马的敌兵
　　都不能把你截住。

你弯弯曲曲，曲曲弯弯，
　　流到了我的村落，
带枪的敌兵在桥上站，
　　你就在桥下流过。

那儿，战士的母亲会出来，
　　在你的岸旁，在小溪边，
哭诉她无边无际的悲哀，
　　无边无际的愁和怨。

奔流不回的小溪呀，在你岸旁

　　站着战士的亲生娘。
你倘能给她捎个信儿，哪怕一句话儿，
　　你就说："你儿子平安无恙。

他冻坏了，他伤了风，
　　他挨了打，他受了伤，
可是你的英雄儿子啊
　　正在休息，他活着，身体健康……"

焦尔金脸贴着大地妈妈的胸口，
打盹儿不知打了多久。——
突然听到：
"焦尔金，去见将军，
赶快拔腿就走！"

抬头一看，面前站着个通信员。
焦尔金站起了身：
"慌啥呀？你瞧瞧：
不穿军衣军裤，
叫我怎么去见将军？"

嘴里这么说，脸上装得挺像，
可是心里呀，却直发慌，
还没晒干的军衣
赶紧拿来绷在身上。
哎呀，衣服贴在背上——粘住一大片……

“焦尔金，规定五分钟时间……”
“不要紧。总不能把我撵出地球，
也不会叫我离开前线……”

他把服装整理得端端正正。
虽然预先可以肯定：
这次将军叫他去
不是为了给他处分，——
可是走进将军掩蔽部的时候，
焦尔金却希望有个门神在门口，
让焦尔金可以暗暗许个愿，
求他保佑保佑。

突然叫你去见将军，这不是胡闹，
你可以好好儿琢磨琢磨：
将军——方圆二十公里，
二十五公里，也许要
方圆四十公里才有一个。

将军是咱们的首长，
你见了他心慌，这也没啥不对，——
不但是论军衔，论勋章，
就是论岁数他也比大伙长一辈。

那年你喝稀饭

烫了嘴，哇的一声哭了，
那年你还在桌子底下乱钻，——
他却已经能征惯战，
已经带着一排人，或许是一连人
冲击敌人的战线。

在咱们这块地方，
在咱们前线，在战场上
他就代表着党中央，代表着加里宁[①]，
代表着法律、法院、父亲、首长。

听到你的姓名
突然出自将军口中，——
朋友啊，这要算是
战斗中争取到的莫大光荣。

你要知道：为了你的功劳
将军会用他久经征战的手
把你的手握得紧紧。

将军会说："老弟，
你是勇士，你是雄鹰。
你真是一个军人！"

① 当时任苏联最高苏维埃主席团主席。——译注

即使你个儿不比别人高，
肩膀不比别人宽，
穿的也不是阅兵的服装
（今儿是打仗，
阅兵是以后的事情），——
既然说你是雄鹰，
你就要像雄鹰样，
你就应该真正是雄鹰。

战士啊，请你庄严地站定，
请你好好儿想一想：
将军发奖给你，
好比是从自己胸前摘下勋章，
然后毫不迟疑，
亲手给你挂上战士服。
他说：“你瞧，焦尔金老弟，”
一面摸着小胡子，——嗬！
他的小胡子多么威武。

说到这儿，也许应该
在括弧里注明：
如果将军留着小胡子，
那并不是为了时兴。

在阅兵台上也好，
在战场上也好，我的朋友们，

如果将军把小胡子一摸，
哪怕只说声：
“嗯……”
——这就不简单！
有这种战斗的习惯，
也有这种必要的时刻……
难怪就连恰巴耶夫[①]，
对小胡子也挺喜欢。

闲话少说，咱们继续讲。
且说末了将军觉得，
战士虽然得了奖赏，
不知为啥并不很快乐。

战士——是个活生生的人，
他已经打了一年多仗……
用步枪打下飞机——
这种事情可不大经常。

小伙子既然表现突出，
多给点奖励没有坏处。

“这样吧，焦尔金：

① 恰巴耶夫是苏联十月革命后国内战争时期的英雄人物，红军师长。——译注

给你一星期假，
可以带着勋章回趟家……”

焦尔金不知听懂没听懂，
也许是不相信这句话。
只见他紧贴裤缝的双手
突然抖动了一下。

暗自深深地叹了口气，
焦尔金低声回答道：
“将军同志，一个星期
时间太少……”

将军严肃地弯下了腰：
“为什么？怎么太少？”
“因为要回我的家
目前路上太艰难。
我的家离这儿本不算远，
如果画道直线——路就更短……”

“那究竟是为什么？”
“可惜我不像那小溪的水
可以悄悄地溜到那边。
我至少在白昼
就不能到处乱钻。
我只能摸黑走，

可是黑夜的时间有限……”

将军点了点头：“明白了！
休假的事——垮台了。”
又开了句玩笑：
“如果你去了，
打算怎么回来呢？”

“有去的路，就有回的路……
我的家乡遍地森林，
每一丛树都是我的亲人。
我认识那么些僻径小路，
他们休想把我抓住。

我知道哪儿高，哪儿低，
每条田沟我都熟悉。
我是斯摩棱斯克人，
我在那儿就是在家里。
我熟门熟路，他们却来自外地。”

“等等，谈点正经的吧。——
你来，告诉我……”

这时候，将军好像
突然想起了什么。
亲切地瞧了战士一眼，

他走到了墙边：
“哪儿是你的村子？
在地图上指给我看看。”

焦尔金在首长肩膀后面
控制着自己的呼吸。
“可以，”他说，“这当然可以。
这是第聂伯河，我的家就在这里。”

将军把地点标上了地图。
“焦尔金，你听我说，
你独自回家不大合适。
不如再忍一忍，再等几时，
咱们这趟还算顺路……
你的假期么，暂时
给你留着，一点儿也不会错。”
于是战士说：
“明白了。”——又加上一声：“是。”

战士在门口打了个立正，
可是他迟疑了一阵——
时间不长，一秒钟光景……

将军站起了身，
摸了摸小胡子：
“嗯……”

他坐在地图边
用签字，用命令
曾经把多少面都没见过的人
派去战斗，派去拼命！

是啊，不可能和每个人都见面，
不可能把每个人送到大路口，
不可能亲切地看着每个人的眼睛
当那别离的时候，

看着他们的眼睛，
就像是对着朋友，
称呼着他们的名字，
紧握着他们的手，
预祝他们胜利，然后，稍停一下，
再用句老话给他们打气：
“尽管不容易，
不过没关系……”

是啊，哪怕你是一位将军，
要想和每一个人告别
你怎么也来不及。

可是和一个人告别
将军却没有忘记。

他们拥抱着，两个汉子——
一个少将和一个战士。
战士拥抱着亲生的父亲，
将军拥抱着心爱的儿子。

在这扇门口，战士面前
一条大道直溜溜，——
它通向战士的故乡
要穿过重重的战斗。

谈谈自己

想当年我离别了家乡
道路呼唤我走向远方，
我感到了沉重的损失，
但我的悲伤却轻淡而明朗。

一年一年带着愁意飞去，
我已饱经了雨露风霜，
可是父亲的屋子，我过去的世界
仍在我心底深藏。

在当时，没有任何东西
能妨碍我随时回忆
那古老的树林——
那是我和一群拾榛子的孩子

经常出没之地。

那时节没有一颗子弹，
没有一块弹片
曾经擦伤过树皮，
那时节没有人毫无意义地
把树林乱砍一气，
那时节没有炮弹把树掀倒，
没有地雷把树连根拔起，
树林里没有乱堆着的子弹壳、
洋铁桶、破钢盔之类的废物，
没有过冬的窑洞，
没有乱挖的掩蔽部，
这儿地下没住过自己人，
也没有外国人在这儿住。

亲爱的树林哪，
当我是个孩子的时候，
我曾在那儿用树枝搭草棚，
有一天，我曾累得气喘吁吁，
在丛林中寻找迷路的小牛……

我曾在晌午的树林中漫游——
那时刚到六月，
每一片丰满、欢欣的嫩叶
都是那么温暖、新鲜而清洁。

浓密的丛丛绿叶啊，
一片连一片，一片盖一片，——
夏天的第一场好雨
把它们洗了个干净，滴了个遍。

枝叶茂盛的密林
在中午一片静寂，——
林中弥漫着浓厚的
带着松香味儿的
初夏的金黄色的暑气。

在安静的松林覆盖下
地面蒸发出蚁酸的酒味，
混合了那股热气，它叫人醉，
它催人沉沉入睡。

那懒洋洋的小鸟儿也住了嘴，
晒热了的松树皮上
一滴晶莹的松香正往下坠，
像是一滴梦中的泪……

我的土地，我的亲娘，
我遍地森林的故乡，
我刚逝去的童年的家园哪——
你如今是存是亡？

最甜蜜的是童年的日子，
最神圣的是儿时的梦，
在一年前要回忆这一切
简直是十分轻松。

那时候爱想啥就想啥：
河上昏昏欲睡的正午、
小小的院落和金色的沙、
通向井边的小路、
挂在肩上的赶牛鞭、
在田野里读的书、
河里的冰，或是学校里
伊凡·伊里奇老师的地球仪……

那时也没有人禁止你
买一张直通车票，
挑选一个夏天，突然地
回到阔别十年的家乡去瞧瞧……

要想用已经不带孩子气的亲昵
再去拥抱年老的娘，——
那时并不需要钻过
德国人的铁丝网；

要想抱着成年人又悲又喜的心情

欢庆全家团圆，——
那时并不必偷偷摸摸
在家乡的树林里乱转；

要想和老乡们一起
随便谈谈心，——
那时也不必像做贼似的
在墙根下藏着自己的身影……

我的土地，我的亲娘，
我遍地森林的故乡，
我那在敌人铁蹄下
受苦受难的家园！
我要回来——虽然不知哪一天，
可是我一定要回来，
一定要把你收还。

你亲生儿子回来时，
不是孤孤单单
走着那兽迹鸟道，
而是胜利凯旋。

对于我，对于你，
这一天不会太远……

读到这儿，

读者不免要问：
“这哪是谈的英雄？
你谈的多半是自己的事情。”

我谈的是自己？
这也许是正确的批评。

可是咱们来评评理：
难道谈我自己就不行？

我并不想和读者争论，
可是有一点要请你记住：
我和你一样，也受过
同一个敌人的抢劫和侮辱。

尖锐的痛楚，神圣的仇恨
叫我全身打战：
我的父母，我的姐妹
都在那一边。
我怎能不疼得呻吟，
我怎能不恨得叫喊，——
我全心赞美的，我全心热爱的
都在那一边！

我的朋友啊，我和你一样，
也是有苦难言。

我所珍惜的，
我在记忆中深藏的，
我所赖以生活的，——
都在那一边，那一边，
隔着一条不是笔画下的界线，
这条界线横贯了整个国家，
在闪电般的火光中，烧啊，烧啊，
烧过了冬，又烧到了夏……

我也不必对你隐藏：
在这本书里，有许多地方，
本来应该由英雄说的话
我往往自己来讲，
我对一切都负责任；
还有，如果你还没发现，
也可以注意这一点：
焦尔金有时也代我发言。
他呀，我的这位老乡，
虽然根本不是诗人，
可是考虑起问题来，
却也有几分像。
什么？不像吗？——
那也不妨。

焦尔金继续前进。
作者就在后面跟。

沼泽中的战斗

今天咱们来谈一谈
一场无名的战斗：
打完了，过去了，也就被遗忘了，
谁还会把它记在心头？

树林、灌木丛、沼泽地——
战火也烧到了这里，
遍地是齐膝盖的水，
齐胸的烂泥。

这儿战士们拖着泥腿，垂头丧气，
这儿牵引车陷进了泥，
半夜里大炮滑下垫木，
沉到了水底，——
战争第二个年头上的这场战斗
发生在荒凉的沼泽里，
不是攻打什么全国唯一的重镇，
也不是夺取什么河边的要地，

打的是，我这就告诉你：
一个居民点叫博尔基。

它就坐落在沼泽对面，
有一条林间小道相通，
在居民点里，不多不少，
只剩下了三根烧焦的烟囱。

暴露的和遮蔽的发射阵地一齐开火，
谁能忘得了那种景象！
打呀，打呀，打呀，
好像是，什么都已经叫我们打光。

那边每块石头都打成了渣子，
每根圆木都打成了碎屑，
实际上已经是一片焦土，
只留了个空名叫博尔基。

周围呢，除了青苔就是沼泽，
这是个远离世界的地方。
请你想想：也许有个谁家的儿郎，
在这儿生，在这儿长，
如今他也在战场上。

赤脚的孩子啊，
当年你的脚步
曾经踏过这些草墩，
踩碎过细细的露珠，

乡村的牧童啊，
你如今在何处？

我的老乡，我同年的兄弟，
忠于义务和命令的
俄罗斯劳动人民的子弟兵，
你正在高加索的群山中作战，
还是已在斯大林格勒牺牲？

也说不定，在不远的前方，
在一缕缕的黑烟里，
你已经看见了自己的家乡，
看见了世代居住的博尔基？

现在你和受难的亲切的故乡
已经相去不远，
现在你已经来到了那条界线边，
在那拖长的悲壮的“呜啦”声中
也许你也加入了自己的呐喊……

仗没有打好，
情况十分糟糕，——
这是谁的过错
可真不大好找。

炮兵振振有词地

说他自己有理。
“只是坦克又钻进林子去打柴了，
——糟就糟在这里。”

如果听听坦克兵的意见，
这笔账就越发算不清了：
“又是步兵出的毛病——
半路上就熄了火，
卧倒就不起身了。”

步兵倒不想夸口，
卧在地上连头也不抬，
只是懒懒地摆了摆手：
“没错。全是坦克把事情闹坏。”

这样兜开了圈子，
你怪我，我怪他。
只在一点上大家意见一致：
“航空兵实在太不像话。”

大家都是好小伙，
哪个也不比别人差。
谁也没有啥过错，
可就是村子没拿下。

偏那敌人的迫击炮

一个劲往沼泽里打，
专打这泥炭砌的堑壕，
瞧你怎么对付他！

地址倒打听得挺准确，
做急件往这边寄包裹，
而你这位收件人哪，
又困又累，躲在草墩子后边，
只等炮弹往屁股上落。

落汤鸡似的步兵，
狠命咒骂这烂泥坑，
这时候不再抱更高的幻想——
只指望死在干地上就成。

大概还有人能告诉你
我们当时的那副可怜相。
三天三夜，我们在那里躺着，
肚子里肠子碰到肠子，
一见面就哭诉饥荒。

细雨淅淅沥沥地下着，
胸口憋着讨厌的咳嗽。
要想卷根烟抽抽，——
连一小片自己的报纸也没有。

没有火柴，也没有烟草——
什么都浸透了水。
“你说说，瓦西里·焦尔金，
哪儿还能比这更倒霉？”

焦尔金躺在水洼边，
嗤的笑了一声：
“朋友，这可不对。
我知道得很清楚，
有些情况比这坏百倍。”

“哪儿能比这还坏……”
“你别着急，
反正是信不信由你。
依我说呀，咱们现在
就好比住在疗养院里。”

这位幽默家朝旁边
瞧了一眼躺着的伙计。
他自己的嘴唇哪，又紫又黑，
也不知是吃了乌莓，
还是冻到了这步田地。

他接着说：
“你现在是在自己的沼泽里，
这就挺不错。

你在散兵线里，
你在自己排里，自己连里。
你有部队，也有通信联络。

有这样的好运道，我的老兄啊，
真不好意思说怪话，
你手里握着步枪，
还有两颗手榴弹在腰里挂。

你不知道自己多么强有力，——
在你的后方，在你的翼侧
有的是防坦克炮、野炮和坦克。
你呀，老兄，你是整个的营，
整个的团，整个的师。
再往上看，还有整个方面军，
整个俄罗斯！
说得简单点，说得明白点：
你是一名战士。

要知道今天
你是在队伍里边。
也许，我们的兄弟
一年前在这儿经历过的
你也应该体验体验。——

不知道自己人在哪里，

悲伤得连抬腿都没了气力。
哪儿是战线？哪儿是俄罗斯？
哪儿才是自己的土地？

也许有一天晚上，
你不敢靠近村庄，
钻进集体农庄的麦秸垛，
悄悄地在里面躲藏……”

话没说完，突然，
死神的口哨声
弯成一条长长的弹道，
刺进了耳鼓，把冷气吹进了灵魂，
越来越近，越来越低，
越来越沙，越来越哑——
爆炸！

又是一声爆炸……

“算你找着目标了。
连故事都不让人听到底。”
“德国鬼子嘛，就是这号脾气……”

每一声爆炸之后，
炸断的树枝四处乱抛，
破碎的树叶懒洋洋地转着圈儿，

往噤声不响的小伙子们身上掉。

这时好像有个声音在呼唤，
催着大家“快躲开，
在这儿待着准得完蛋……”

只有焦尔金说：
“孩子们别睬它，
根本打不中，我可以保险。”

自己好像在沙发上坐，
好像是有他在此，
大家就不用怕炮火。
“可是万一……？”
“如果万一我包赔，
请你尽管来找我。

你们好好听。听我正正经经
给你们谈论战争：

话说你钻进无主的草垛子，
在田野里悄悄地躲着。

德国兵在哪儿？到最近的人家
有一里地，不多也不少。
可偏偏来了两个兵，

到田野里来捆草料。

从草垛子上抽草料——
草垛子正是你藏身的那一个。
他们一面用膝盖压着草捆，
一面唱着歌。——
你道他们唱的是什么？

朋友们，信不信由你，
我反正是不胡扯：
我亲耳听见精瘦的鬼子唱的是：
“我的莫斯科。”

说到这儿焦尔金装了个鬼脸，
扶着树桩子抬起了身，
拉长嗓子唱了一声，
真像德国人唱的那股劲。

他怪声怪气高声唱，
还有他脸上啊，
那副又狂妄又讨厌的样子，
简直叫人笑断肠子！

你这会觉得挺可笑，
可是在那时候
如果你听到了这支歌，

你准会又伤心，又害羞，
忍不住泪水流。

“你今天听了发笑，
还因为呀，我的好朋友：
这首去年的歌
今年德国人已经唱不出口。”

“唱倒是唱不出口，
问题明摆着：已经不是那时候……”
“可是咱们打这村子，
他们还是死不撒手。”

突然有人从心底里
吐出憋了一年的寂寞和忧戚，
好像铁匠风箱似的
叹了一口长气：
“唉，我的儿呀！”

焦尔金诧异地回头一瞧，
连忙问道：

“怎么回事儿呀？”
于是大伙又发出了一阵
孩子气的大笑。

“你呀，焦尔金，你这小子，
恐怕只有你娘心里省得：
你到底像什么人……”
“我吗？我是阿姨生的。”

“焦尔金，阿姨生，真是好种！
有种你再把敌人挖苦几声。”

“不成啊，天才不能浪费。
等到下次挨轰炸，
我再拿出储备的笑话。
那时候你爱听啥就听啥。”

“就这样也谢谢你。”
“请便了，甭客气。”

现在能不能把故事收个尾，
就说是：没啥大问题，
小伙子们爬起身来，一举攻克村子，
简直没费吹灰之力？

就说是：常胜将军焦尔金
又立下了大功劳：
只用一柄俄国木头勺
把八个德国鬼子全打倒！

不，同志，老实告诉你：
这场夏天的战斗
长得简直叫人着急，

艰难困苦的日子
倒报销了一大批，
可是还没打下这居民点博尔基。

“但是，”读者又该问了：
“你谈的到底是什么问题？”

谈的是那个沼泽——
战火烧到了那里，
谈的是齐膝盖的水，
和齐胸的烂泥；

谈的是泥坑和酱缸，
我们的伙计在里面滚，在里面爬，
一天到晚，一夜到天亮，——
这时候谁还去算这笔账！

在这儿即使立下了丰功伟绩，
你能得到的最高奖励
不是罗斯托夫市，不是哈尔科夫市，
只是个居民点博尔基。

在湿漉漉的矮树丛，
在松林里，多少个同志
倒在这场无名的战斗中，
死得忠诚而正直。

在金光灿灿的史册上
尽可以不提这场战斗，
可是到了那一天，这些人
一定会栩栩如生地复活在心头。

在一本不朽的书里，
一切人都将永远平等，——
不论你是为全国唯一的大城
献出了自己的生命，

是为夺取伏尔加河边的
某个要塞重地，
还是为那已被人遗忘了的
居民点博尔基。

俄罗斯啊，我们的亲娘
将给大家同等的荣光。
战斗不同，时辰不一样，——
可是生命总是生命，
死亡也总是死亡。

爱　情

被战争卷走的每一个人，
走上战场的每一个兵，
当时至少有一个女人
曾经给他送行。

不是送他什么礼物，
就是给他收拾衣服……
现在，离开她越久，
就越觉得她可亲。

还有那别离的时辰
也更深深地铭记心底，
那双眼睛最后的一瞥
叫人永远也不能忘记。

怎么能够为了追逐愚蠢的名声，
却忘怀了那双眼睛
在临别依依的目光一闪中
流露出来的爱情？

它在咱们每个人心中深藏，
它是咱们最隐秘的
　　　　　　　　最贵重的
紧急备用量[①]。

咱们小心翼翼地保护着它，
准备应付突然的情况。
并且这个备用量
咱们不能和同志分享，
因为它完全是属于我的，
它是我神圣而平凡的宝藏。
你自己也有一份，和我一样，
不信吗？你再好好想一想——

被战争卷走的每一个人，
走上战场的每一个兵，
当时至少有一个女人

① 军语，准备应付突然情况，平时不准动用的粮秣、弹药等储备，叫作紧急备用量。——译注

曾经给他送行……

在所有这些女人当中
（我在这儿不想撒谎），
被人怀念得最少的
通常总是自己的亲娘。

可是为娘的不该把儿子埋怨，
该想想另一个时代，另一场爱情——
当年母亲也曾经是爱人，
也曾经主宰过别人的心。

朋友哇，如果没体会过妻子的爱，
那你就试试也不妨：
在战场上它的力量
胜过战争，也许还胜过死亡。

你不要和爱情赌气，
也不要瞧它不起——
它能给你责备和警告，
也能给你光荣和鼓励。

请你拿出那张信笺，
再从头到尾读一遍，
虽然窑洞里不大亮，
可是你想想：她写这封信

又是在什么地方
　　　　　　借了谁家的光？
不知孩子们这时已经睡觉，
还是正在哭闹，
也许她又头痛得厉害，——
这已经不是头一遭，
因为那潮湿的柴
怎么也烧不着……

她一个人挑起那副重担，
怎么能够不疲倦？
可是你的妻子啊，
哪会向你来抱怨？

深爱你的妻子知道，
另一些话语飞到战场上，
更能使你平安，
更能保你无恙。

现在的妻子全都那么忠诚，
全都是一副好心肠，
就连那些过去的扫帚星，
今天也都变了样。

虽说可笑，又笑不出：
我也见过这一类的老婆，——

碰上了她们，只好自认倒霉，
只有上战场才能把她们摆脱。

比起跟着那位宝贝老婆
一天天地活受罪，
倒不如挨炸弹炸，
或是在枪林弹雨里爬，
倒不如一天打了五次冲击，
等着前面还有仗打……
——不过这只是句笑话，
只是顺便提一下。

说实话，朋友哇，妻子的爱
你可以试验一百趟，——
在战场上它的力量
胜过战争，也许还胜过死亡。

可是请你回答我这个问题，
请你讲一讲：
到底是爱情长，
还是战争长？

如果是我，我一定勇敢地
当着真理的面
为爱情辩护。
我站在爱情这一边。

不论战争如何向生命进攻，
不论它多么猖狂，
不论要打几年仗，
爱情却比它更长。

所以呀，我的朋友，
最珍贵的信息
来自那双遥远的手——
那双亲爱的、辛劳的手啊
皮肤上冻出了裂口……

所以我向贤惠的妻子们
发出衷心的呼吁：
妻子们，亲爱的朋友们，
请你们多写几封信。

请你们千万别偷懒，
把该写的全写上。
对将军，对战士，
这就等于是奖赏。

在严酷的战场上，
同志啊，请你别忘：
战争的道儿短，
爱情的路途长。

爱情的盛大节日
如今已经不远。

我想说的是什么？——
我想说的正是这一点。

被战争卷走的每一个人，
走上战场的每一个兵，
当时至少有一个女人
曾经给他送行……

可是，虽然十分遗憾，
我却没法儿帮忙：
我的瓦西里·焦尔金
竟被冷清清地撂在一旁。

没有一个人
来给他送行。

快爱上他吧，
好姑娘们！

咱们的飞行员人人爱，
骑兵也处处受欢迎。
奉劝你们，姑娘们，

要找咱们的老大哥——步兵。

就算骑兵骑着骏马，
就算飞行员在天上飞行，
可是战场上的最前列
却还是步兵。

就算坦克手长得精神，
干起活来也挺带劲，
可是驾起坦克上战场，
还得多依仗着点步兵。

就算炮手班里
炮兵一个个盛气凌人，
打完了炮，先别骄傲，——
解决战斗，还靠步兵。

把大家都看个遍，
更好的人儿哪里寻？
姑娘们哪，快把多情的目光
投向咱们的步兵！

快快爱上年轻的小伙，
拿你的心来送个礼，
用你忠贞的爱情
坚持到最后胜利！

焦尔金休息

在战场，在路上，
乘坐着军用车厢，
在木屋里，人那么挤，
在避弹所和地窖里——
碰上什么地方就什么地方，
最好不过是闲着没事儿，
不用枕头，也不用床，
随便往地下一躺，
你挨着我，我靠着你，
进行六百分钟休息。
本来是再多一些也不妨，
可是对于战场上的兵士，
这样长的做梦的时间
恐怕已经要算是梦里的幻想。

请设想一下：有一天，
你突然离开了前方，
搭上顺路的汽车，
一下子就开到了天堂。

咱们在这儿完全不是

引用那句大家熟悉的笑话，
借喻从前方到“天堂”
仅仅是一步之差。

咱们说的是真正的天堂。
房子门口台阶上
还准备着扫帚，进门之前，
先得把脚上的泥土一扫光。
往里进——是装着火炉的房间，
样样齐全，哪点儿不像天堂？

你在簿子上登记完了，
请你进去，脱掉衣帽，
找个舒服的位置，
往暖和的火炉边一靠。

请你向四周细细打量，——
瞧，这一排铺位里有你的床。
你要明白：这儿是寝室，
也就是说，这儿是
专门用来睡觉的地方；

睡吧，当兵的，
给你整整一星期的时光，
请你独个儿地，整个儿地
占领你自个儿的床，

只穿一件贴身的内衣，
睡在又干又暖和的床上，
在天堂里就该这样。

有条严格的规定：
既然你来到了这里，
那么除了睡觉之外，
你还有责任一天吃饭吃四顿。
可是这个吃法呀，才叫伤脑筋。

不论要改变什么习惯，
一开始总觉得够呛：
天堂里饭碗不准往膝盖上搁，
要规规矩矩放在桌面上；

天堂里谁也不准许
提着个饭盒往伙房里跑，
不准穿着大衣往桌边坐，
不准用刺刀劈面包。

有这么一条规矩
定得真叫严：
你的那支步枪
不准放在自己脚边。

还有这一条也怪别扭：

规定吃饭的时候
不准用手套抹嘴，
也不准用衣袖擦油。

当你吃完了饭，
当兵的啊，千万别忘：
天堂里不准把勺子
往自己靴筒里放。

焦尔金把这条条清规
一一加以研究体会，
完了他下了个决心：
“走着瞧吧，咱们吃不了亏。”

午饭晚饭都吃得挺饱。
“你看咱们这儿好不好？”
“不坏。比这稍稍再差点儿，
已经算得上恰恰好……”

抽了支烟，叹了口气，
往床上一躺。
可是脑袋里却拐不过弯儿。
拿这床单来说吧，一床也就罢了，
可是偏偏要给你两床。

那么干净，叫人身上打寒战，

无病无痛地躺在这儿，
真叫人感到不安。
这地方啊，一丝不差，
就像他住过的医院。

他好像又到了病床上，
小心翼翼地护着肩膀，
连头都不敢转一转。
这儿又过来了一位白衣姑娘，
巡行在床铺之间。

侦察员马上把她包围——
两个在右，三个在左。
她呢，俨然是个女皇，——
我只一个，你们那么多！

焦尔金从睫毛缝里瞅着，
瞧瞧到底是个什么美人儿。
按说么，在紧挨前线的地方，
这样子也就还算漂亮。

在昏暗的灯光下显得漂亮，
因为没人比美，所以讨人喜欢。
可以看出：这批小伙子在这儿
已经休息了不止一两天……

房里已经是一片梦乡，
胸脯在平稳而甜蜜地起伏。
可是思想起外面路旁，
啊，那冷气是多么难当！

那北风寒冷彻骨，
那月亮没点儿热气。
服役、严冬、战争——
啊，生活在世界上多么不容易！

战场上活生生的兵
多么想念暖和的被褥！
可是为什么到了这儿，
却老是睡不着？
让咱们试试用被子连头蒙住，
看这样会不会有所帮助？

半小时、一小时过去了，
翻来覆去，俯卧、仰卧。
真气死人：怎么也没效果。
人家都在打鼾，你却在受折磨。

也不知是太热，还是太冷，
真莫名其妙，就是睡不着觉。
突然有人告诉他说：
“你呀，小伙子，快快戴上暖帽。”

他们对他解释道：
“在这儿受这个罪的，
你不是第一个，也不是第二个。
刚一来神经不习惯，
不戴帽就睡不着觉。”

于是焦尔金戴上了那亲热的
兵士的暖帽，——
那浸透了烟气和泥土味儿的
战斗的暖帽，
那淋过雨，冒过炮火，
戴旧了的暖帽，
那叫铁丝网上带锈的刺儿
挂了一个窟窿的暖帽，
那顶帽子，他曾戴着它生活：
不论是躺下休息，
或是向死亡冲击，
那顶帽子他从来不脱，
它好像有着魔力：

焦尔金刚一戴上自己的暖帽，
马上发现没错听了
懂得其中奥妙者的忠告，——

一刹那耳朵就暖了，

被褥也变得软了，
再听不见什么闹声了，
马上就沉沉入梦了。

没到起床时间，他就醒了，
那种感觉可真稀罕：
就像是这一夜之间
他曾跑得老远老远，
不知是到什么地方去旅行了，

又像是在哪儿洗了个澡，
可是是哪儿呢？
真想再回梦里去瞧瞧——
那儿不是冬天，
太阳晒得挺暖和，
那儿不是战场，
而是平常的生活。

他一只脚套进了皮靴，
自己的暖帽也忘了摘，
刚在这儿度过第一个昼夜，
他就在天堂里发了呆。

这儿伙食和房子都挺好，
咱们提不出啥意见，
可是朋友们哪，要知道：

现在战争还没打完。

兄弟们，你们自己来评评理，
谁还能想出更怪的主意：
一夜的时间这么短，
却要叫人脱鞋、脱衣。

谁要在这儿住惯了，
一走出天堂门他就该完蛋了。
最好是趁早说声：算了，
咱们别再浪费时间了。

吃了点东西，收拾了一番，
他就走了出来，
情况倒很顺利，
正好有辆卡车在路上开。
喊了声："喂，劳驾带一带。"

越过拦板爬上了车，
卡车的载重
一下子增加了四普特。
他敲了敲驾驶室："走嘞！"

走哇，走哇，也不知走了多远
（谁感兴趣可以自己去量）。
天堂啊，咱们暂时分会儿手，

焦尔金又到了前沿上。

在拐角上跳下了车，
一瞧——又回到了家，
又到了火线上。
“喂，孩子们，快讲一讲：
我不在的时候，
你们这儿怎么样？”

“还是你自己讲一讲吧。
你们那个天堂
到底是什么模样，
谁不想马上知道……”

“挺不错。比那稍稍再差点儿，
已经算得上恰恰好。

在那儿美美地睡了一觉，
对天堂咱们没啥意见。
可是朋友们哪，要知道：
现在战争还没打完。

等咱们沿着华沙公路
到达了国境线上的标记，
那时候咱们才谈得上休息。
可是，能休息的还不是全体。

而现在呀，在路上，
乘坐着军用车厢，
在木屋里，人那么挤，
在避弹所和地窖里——
碰上什么地方就什么地方，
最好不过是闲着没事儿，
不用枕头，也不用床，
随便往地下一躺，
互相挨得紧点儿，——
休息一阵，
　　　　咱们再向前进。”

在进攻中

防御战打了这么久，
老是在这儿住着，
马儿从前沿去饮水的时候，
像在老家的村子里一样，
自己都认识路了。

在兵士住家的土窑边
传出了狗叫的声音，
传遍了整个儿前沿，
传遍了这住熟了的森林。

有一阵，连那小公鸡
也习惯了战斗的环境，
每天早晨它把师长叫醒，
就像是叫醒当家的主人。

平常的冬日过得挺惬意，
澡塘里不用吝啬蒸汽——
人们用自己捆的白桦叶

互相拍打着身体[1]。

虽说是战场，倒很平静，
大家养精蓄锐，
休息了一阵作为“储备”，
有空的时候就读读《焦尔金》。
突然——
　　　　下来了命令……

突然下来了命令：
停留的时间已经告终。
一转眼，在远远的后面
只留下了几缕孤烟，
窑洞也已经人去楼空。

又飞去了整整的一年，
好像是短短的一天，
可是人们对这已经习惯。
大概这场战争
也会像这样过去
在不知不觉之间……

那时节，我的白发苍苍的老兵

---

① 俄罗斯人喜欢蒸汽浴，浴时用白桦叶捆成束拍打身体。《在澡塘里》一章对此有详细描写。——译注

如果还留了活命，
会回忆起当年莫斯科城下，
那一仗打得真叫硬……

他会带着骄傲的感伤，
在围成一圈的孙儿中间
慢吞吞地叙述自己的故事，
如果孩子们不感到厌烦……

——这话很难说。对老头儿们
咱们并不经常是那么和善。
到那时再看吧。
　　　　　　而现在呢，
离那时还远着呢！

* * *

现在战斗打得正热火。
灰色的雪地上青烟阵阵。
瓦西里在散兵线中前进，
冒着炮火冲向小镇。

要走向他生长的家乡，
要走向他祖居的房屋，
就得冲过这个小镇——
这是必经之路。

有些人的路比他绕得更远，
但是又能怎么办？
有些人走向家乡
要穿过陌生的草原，
要翻过重重的高山……

死神在帽檐儿上打呼哨，
把大家都压弯了腰。

散兵线在行进，像是丢了东西，
低着头在雪地里东寻西找。

那些年轻的战士
今天才头一次上阵，
可是一看见焦尔金在这儿，
他们马上就放了心。

哪怕在炮火底下
不由得全身打寒噤，
但是只要在焦尔金面前
自己的表现不是倒数第一名，
他们心里就觉得蛮高兴。

虽然是：当炮弹俯冲而下，
那令人难熬的一刹那，

焦尔金也扑倒在雪地上，
等待着炮弹的爆炸；

虽然是：谁曾经出生入死，
多次考验过自己的幸福和命运，
有时候他在战斗中
却更难控制恐惧的心；

虽然是：也许正是这股力量
保护着他直到今天，
保护着他直到这块田边，
没受到炮火的杀伤。

他在那田沟里躺着，
腹部尽量往里收，
这个包着一层薄皮的人
躺在那儿等候……

却说战场外的某个地方
有一个人在深思熟虑。
他是谁呀？——全战场的时刻
都以他的怀表为依据。

他观察着这一团混战，
注视着这烟雾腾腾、炮火隆隆，
他掌握着战斗的命运，

一切都跟着他的决心行动。

在那个地方，在避弹所里
一阵阵沙土往下掉，
将军看着地图，
掏出了那只怀表。

啪的一声，表盖开了，
他看了看，
把暖帽往上一推，
擦了擦额上的汗……

时刻到了，焦尔金听见了口令：
“全排！为了祖国！前进！……”

虽然这些字眼——
这一声在死亡边缘上的呐喊
他在报纸上见过几百次，
在战斗中也不知听过多少遍，

可是它们仍旧带着同样的
真理和悲痛的威力，
神圣而甜蜜的苦味，
深深打进了他的心里；

它们那永不减弱的力量
叫人冲过炮火向前，
叫人把对一切的神圣责任
担负在自己的双肩。

“全排！为了祖国！前进！……”

中尉同志穿戴得整整齐齐，
他是一个徒步作战的骑兵，
留的小胡子还显得孩子气，
这个爱跳舞的哥萨克
有一副兴高采烈的脾气。
只见他头一个站起，
带着全排冲击，
往镇子后面包抄，
一面行进一面射击。

他的脚步踏过雪地，
深深的足迹长长的一溜，
超过了散兵线里所有的足迹。

已经到了镇边的家屋前，
他把手掌举到小胡子旁：
“同志们！英雄们！前进！”
这一声喊得那么雄壮，
简直像恰巴耶夫一个样。

可是他正在跑着，
突然一个踉跄扑向前，——
他印在雪地上的那行整齐的足迹
在这儿中断……

他一个猛子扎进了雪堆，
好像是小孩儿跳水，
从船上扎进了河心的漩涡。
“负伤了！排长负伤了……”
焦急的声音在散兵线里传过。

几个人跑了过来。这时——
这情景谁也忘不了，
排长撑起了身子：
“前进，同志们！
我不是负伤。我——牺牲了……”

市镇的边缘、菜园、后院
已经在两步开外了，
再加把劲就可以拿下来了……
焦尔金看到这情况，他明白了：
现在轮到他来率领全排了。

“全排！为了祖国！前进！……”

焦尔金只一挥手，
全排同时跃起了身，
信任地跟着自己的同志冲击，
四十个人就像是一个人……

如果打了场胜仗，
那么战斗一结束，
大家就互相夸奖，
进行热烈的表扬。

“坦克真了不起。”
“工兵也不简单。”
“炮兵更不用说，
没给咱们丢脸。”

“还有步兵，那才是……”
“步兵走得步步都合拍。”

“咳，步兵会有啥问题！
就连航空兵也干得不坏……”

一句话：打得漂亮！

不过我们不想隐藏：
有时胜利反而把眼睛迷盲[①]了。——
一下子涌现了那么多英雄，
偏偏把一个人忘了。

可是将军对一切事情
都要求有高度的准确性，
他要在现地弄清楚
谁是突入小镇的第一名。

于是有人向将军报告：
是某某某打下了小镇，
可是因为他身负重伤，
没能亲自来谒见将军。

于是大家从百家姓千家名中
听见了一个姓名：
瓦西里——焦尔金！
原来某某某就是他，不是别人。

---

① 军语，用炮弹爆炸或烟幕挡住敌方视线叫作“迷盲”。——译注

死神和战士

炽烈的战火
已经推到了远山背后。
可是焦尔金还躺在雪地上，
没有人来把他抬走。

他身下的雪已被鲜血浸透，
凝成了一大摊冰。
死神向他弯下腰来：
“喂，当兵的，咱俩一块儿走。

今天我要送你一程，——
现在我就是你的女朋友，
我要用风雪把脚印铺平，

叫你踪迹也不留。”

焦尔金已经快要冻僵，
在雪的被褥里一阵哆嗦：
“谁招呼你来着，斜眼睛的老太婆？
我这个兵还活着！”

死神冷笑一声，身子俯得更低了：
“好汉哪，够了，够了，
我知道，我也看到：你还活着，
可是我已经把你名字勾了。

我走过你身边时，
死的影子已经挨到了你的面颊，
现在你已经感觉不到
你脸上的雪花不再融化。

我虽阴沉，你甭害怕，
相信我吧：黑夜并不比白天差……”

“可是我问你：
你到底是向我要些啥？”

死神的头离他远了点，
大概是答不上来，有点发窘。
“我的需要……非常有限，

可以说几乎等于零。

我只需要你点头表示同意，
说明你已经不想再保卫生命，
说明你正在等待死的时辰……”

“原来是要我自己签名？”
死神想了想：“这样说法也成。
签了名，就得平安。”
“不干。这不够本。”
“亲爱的，别讲价钱。——

反正你已经越来越不行了，”
死神又挨到他肩膀边：
“反正你嘴唇已经发黑，
牙齿也冷了……”
“我不干。”

“你瞧，天色快黑了，
晚霞预告着天气还要更冷。
我是想把事情早点了结，
你也好免得白白挨冻……”

“我情愿挨。”
“咳，你这个傻小子，
瞧你这样躺着，全身都冻青了，

我看还不如马上把你装进‘外套’，
那就永远也不会怕冷了。

噢，你心动了，你眼圈儿红了，
你已经感到了我的可亲……”

“呸！我是冻得流出了眼泪，
我才不稀罕你的怜悯。”

“管他是高兴的还是冻的，
这寒气可是不客气的。
瞧，刮地风在搅雪了，
人家再也找不到你了……

你再想想：就算有人把你找到，
你说不定还会后悔。
倒不如在这儿就地死掉，
来得痛快、干脆……”

“笑话，死神，你花言巧语欺骗我，”
他吃力地把肩膀往旁边挪了挪：
“我偏偏要活下去，
我几乎还没有生活过……”

“就算你能活命，
那对你也不见得有利，”

死神一面笑，一面继续说：
“就算你能活命，
一切又要从头来起：
又冻，又累，担惊受怕，
还滚得一身烂泥，
这又有什么可留恋呢？
你再考虑考虑吧，我的伙计。”

“没啥考虑的！要打仗，就是这样，
谁还能顾东顾西……”

“还有，当兵的，你还得想家，
你活着，心里就要牵牵挂挂。”

“我完成了任务，
打完了鬼子就回家。”

“就算如此。可是你呀，
还回家去干吗？
你要知道，你的家乡
已经被抢光了，剥光了，
土地也都荒了。”

“我是劳动者，
我回家就建设。”
“家毁了。”

“我是木匠。”
“炉灶也砸了。”
“我还是泥水匠。——
我发起狠来，什么都能干，
只要我活着，不愁没法办。”

“你再听我老婆子一句忠言：
你要是丢了条胳膊又咋办？
再不就是落个别样的残废，
那时候你自己也会活得腻烦……”

这时节人已经没有气力
再和死神继续争辩。
他流血过多，身体渐渐麻木，
四下里已经黑了天。

“死神你听着……死，我不反对，
可是你得依我一个条件……”
心中怀着剧烈的痛苦，
他又弱小，又孤独，
又像是恳求，又像是责难，
他试着想把死神说服：

“我牺牲在战场上，那也罢了，——
我不比别人强，也不比别人差。
可是在战争结束时，你听着，

你可答应给我放一天假？
你可答应我在那最后一天，
在全世界光荣的节日里，
听听莫斯科城头，
鸣炮庆祝胜利？
你可答应我在那一天
在活人中间逛一逛？
你可答应我在故乡
敲一敲那扇小窗？
当人们闻声而出的时候，
死神哪，死神哪，
你可答应我
对他们说一句话？
要不，哪怕半句也行。”
“不。我不答应。”

焦尔金已经快要冻僵，
在雪的被褥里一阵哆嗦：

“那么就滚你的，
斜眼睛的老太婆，
我这个兵还活着！

我宁肯疼得哼，疼得叫，
我宁肯不留痕迹，被雪花埋葬，
可是你永远也甭想

叫我自愿地向你投降！”

“别忙，我再给你讲讲道理，
反正要叫你点头表示同意……”

“嗤！卫生营的人找我来了，
你瞧他们东寻西找……”
“哪儿，傻瓜？”
“那边，顺着盖满雪的小道……”

死神咧开嘴哈哈大笑：
“那是掩埋队的。”
“管他什么队，只要是活人就好。”

铁棍磕碰着圆锹叮当作声，
雪地沙沙响，两个人走近了。

“瞧这儿还剩下一个兵，
看样子今晚收拾不干净了。”

“干了一 天，实在累得够呛。
掏出烟袋来，老乡，
咱们就坐在这位死人身上，
抽两口烟顶顶饥荒。”

“嘿，要是来它一饭盒热菜汤，

那该有多香！”
“要是水壶里还有点儿烧酒”
“哪怕来那么一口。”
“要不就来上它两口……”

这当儿，焦尔金发言了，
他的声音很微弱：
“给我撵走这个老太婆，
我这个兵还活着！”

那两位赶紧回头一瞧，——
好家伙！这个兵果然还活着。

“您瞧瞧！有这等事！”
“应该把他送到救护所。”

“这倒是件稀罕事情，”
他们不慌不忙还在讨论：
“咱们成天搬的是尸体，
可这个尸体还外带灵魂。”

“这灵魂也差点儿没出窍。”
“冻成这样子，这可不是胡闹。——
喂，你懂吗？我们刚才
正准备把你送到农业部去当肥料。”

“别多嘴了，伤员等着了急。
快从冰里挖出冻住的大衣。
抬起来！”

可是死神一旁插了嘴：
“你跑不了！我还是跟着你。”

“这两位老乡，”死神在暗自琢磨：
“他们的本行是另外一种工作。
一路上颠颠晃晃弄断了气，
他最后还是属于我。”

两条皮带两柄锹，
两件大衣上面铺。
“走啦。朋友你要忍耐着点。”
“咱当兵的对当兵的要爱护。”

稳稳当当地抬着走，
不要摇也不要晃。
同志们小心翼翼保护着他，
那死神窥伺在一旁。

原野茫茫路难行，
大雪盖地齐腰深。
“你们歇会儿吧，朋友们……”
“哎呀，我的好人哪，

你别操心，”
一位老乡说，
“我们并不累。
好在抬的是活人，
死人比这重一倍。”

另一位说：
“这话不错，
还得想到这一桩：
抬活人急着要赶路，
死人他到处为家不着忙。”

两个伙计做了结论：
“死人活人不一样。”
“哎呀好朋友，你连手套也没有？
我这双热乎乎的，你快戴上……”

跟随在一旁的死神
这时生平头一回有了感触：
“他们这班活人哪，
怎么会这样友好互助！
怪不得就连他一个人
也是那么不好对付。
罢了，罢了，让你多活几天吧！”

长叹一声，死神留了步。

焦尔金写信

“……我在病房里写信，
我想告诉你们：
我这热爱生活的人
这回又活了命。

我像根枕木似的躺了多时，
身上磨起了茧子，
可是据说这次起来，
我的腿会比先前更好使。

我准备在最短期间
不用别人的扶助
重新站起身来，
再用这条腿走路……

我目前别的不想，
只有一个顾虑：
我一心想回自己部队，
就怕叫我到别处去。

我在这支部队生活、作战，

掌握了军事科学，
跟部队撤退，一口口吃着灰，
跟部队进攻，一步步踩着雪，
积雪灌满了毡靴。

目前这支部队
对我这当兵的来讲
是世界上所有的一切：
是我的家，
是我的亲人和故乡。

我现在一心希望
早日回到队伍里，
等到那幸福的一天，
好经过我的斯摩棱斯克故乡，
一直打到国境线。

不过老实说，问题还不在这里。
让我说得准确点儿：
如果碰上走另一条道，
咱们也一样走到底，——
不论在哪儿，
只要跟部队在一起！

如果那凶恶的枪子儿
第三次碰上，要我的命，

至少我也想在你们中间
度过我最后的时辰。

但是，如果没有必要，
咱们不忙追求这种结果。
我刚才已经说过：
我最热爱生活。

因为我心里着急，
想早点儿见着你们，
所以准备给将军
也写上同样的一封信。

我估计咱们将军
一定会考虑我的要求。
他给我发过勋章，
他不会拒绝我的申请。

希望随着这封信
我本人也迅速赶到。……
另外请给炊事员同志
代我问双份儿好。

希望他一如既往多加油，
把菜汤做得又稠又带劲，
稠得那勺子往锅里一插，

马上就能自动立正……

最后我想用一句话
来做个结束：
我嗅到不久就要打大仗，
就像马儿能嗅到婚礼，
就像气象台预报气象……
在那个伟大的日期以前
我希望能丢掉拐杖！

好了，我的话已经
从封面说到了封底。
我现在加紧睡觉，
等待着你们的消息。
拥抱你们，小鬼们，
你们的
　　　瓦西里·焦尔金。”

焦尔金遇着了焦尔金

谁家的房子谁家的炕，
牛棚当柴烧劈了个光……
挨了冻的人得暖和一下，
烤烤火自然理直气壮。

理直气壮，顾不得谁家的房子，
如今谁也没法查问。
烤一烤吧，乐一乐吧，孩子们，
你们这杂七杂八的一群。

地板上铺着麦秸，

困了可以随便躺卧。
这不是你家，也不是丈母娘家，
不是天堂，可已经是满不错的生活。

这一个坐着，脱了一只鞋，
抬起腿对着亮瞧了瞧，
上上下下细细地摸了一道，——
检查一下是不是自己的脚。

那一个来势很猛，
把大衣甩在一边，
把衬衫往上一卷，
愣头愣脑地就往炕上钻。

“喂，老兄，你怎么整的?
这儿不止你一个人哪。”
“让开点，伙计们!
黑咕隆咚看不清啊。”
“这家伙，怎么像德国人似的
胡撞乱碰啊？”
“哼，德国人这会儿也不成啦。”

“可是老兄，他们还不吝啬呢，
花起炮弹来挺大方……”
“不过，跟先前是比不得了，”
说着，脱下只皮靴扔在一旁。

“问题很明显：他们是走为上策了。”

“孩子们，这才是打仗呢。哈哈！”
“本来嘛，不是打仗是干吗？”
“这儿最舒服的是：茶尽量喝，
连喝酒也抵不上它暖和。”

“这是谁发明的——
喝茶取暖？这才叫胡说……”
“喂，步枪不要靠近火！”
“还有麦粥也挺不错……”

焦尔金困得不行，
没有参加谈话，
悄悄地躺在一旁。
不管怎样，焦尔金回到了家，
也就是说：回到了战场上……

负过伤的人都有这种经验：
回到自己团里了——
可是一切都变了：
不是那块地方了，
人也不是那一批了。

逗乐打趣的话
听起来感到挺陌生……

可是焦尔金突然听见有人问：
“哪儿是咱们的瓦西里·焦尔金？”

他撑起了身子，弄得铺草沙沙响，
悄悄观察情况发展下去会怎样。
原来这儿谁也不认识他，
可是谈的却是关于他的话。

透过火炉旁边
那一片愉快的谈笑声，
他听见了一个新的嗓音：
“谁在谈我的事情？”

“你的事情？”
又听得那人毫不含糊地说：
“不错。”
“为什么？”
“因为焦尔金就是我。”

这是我的焦尔金亲耳听见。

真是怪事。情况有点不对。
这时大家都停止了谈天，
转过脸来瞅着焦尔金
（不是这一位，——是那一位）。

在场的人都肃然起敬：
“你就是焦尔金本人？”
“我就是。”
“当真？”
“当真。”
“喂，小伙子们！
这就是焦尔金！”

有人掏出了烟袋：
“请吧，卷点儿烟草。”
不是我的焦尔金，
而是那一位焦尔金说道：
“烟草吗？——不要。”

我的焦尔金往火边靠了靠，
放下了衣领瞧了瞧：
原来那位焦尔金是一头红头发——
他的那位代表。

如果第二位焦尔金没拿架子，
卷点儿普通的烟草来吸，
那么焦尔金也就不会插嘴，
那么我的英雄就不会吭气。

可是看见那人鼻子翘得老高，
显得那么了不得，

我的焦尔金忍不住提了个问题：
“您敢情是带着‘卡兹别克’？”

那一位答复得不慌不忙，
说是他一点也没听懂：
“我倒是带的有缴获的香烟，
请你尝尝。”
　　　　嘿，倒叫他争取了主动！

我的瓦西里·焦尔金一瞧，
这一着可走得不大妙。
并不是妒忌的感情
使他心里难过，
他实在是看不惯
各种傲慢的家伙。

于是他忍着满心的委屈，
懒懒地叹了口气说：
“可是归根结底——
焦尔金是我……”

一阵闹，一阵笑。
“又出了一个焦尔金！”
“孩子们，一共两个了……”
“这才叫妙……”
“等到凑齐了五个，

再叫醒我们看热闹。”

“老兄，你别开玩笑，”
那位焦尔金噘着嘴说，
“焦尔金是我。”

有人说：“这事儿谁知道哇？——
额角上又没刻着记号。”

红头发的从衣袋里
掏出一个证件：
“我给你们看看……”

“一点儿不错：焦尔金……”
“姓倒是姓焦尔金，
但名字不叫瓦西里，却叫伊凡。”

可是那一位带着讥笑的神情
回答我的焦尔金：
“你要明白：为了押韵，
就是名叫佛玛也行。”

这一位长长地嘘了口气：
“不错。可是焦尔金——他是英雄。”

那一位马上敞开了大衣：

“你们瞧这是一枚勋章，
这儿又是一枚，
我就是打坦克英雄焦尔金，——
你们要相信事实，别听人乱吹。
要知道我打了不止一辆坦克，
而是整整的一对……”

焦尔金这时好像不知怎么办，
面对火光，发愁地眯着眼。
“如果这儿有架手风琴，
我倒可以把你测验测验。”

周围一片声：
“手风琴找得到。
队长有手风琴。”
“别碰！”
“干吗‘别碰’？”
“一会儿他醒来……”
“他爱醒就醒。”
“喂，这儿有手风琴！”

战士刚拿起三排按钮的手风琴，
马上就看得出——是个内行。
开始之前，他先用手指
从上往下按了一趟。

他虽然没刮胡子，却神气十足，
把面颊往风箱上一靠，
他大声地拉起了手风琴，
奏出了河上黄昏的哀怨曲调……

我的焦尔金摆了摆手：
“罢了，罢了。你是个能手，

可是老弟，你还有个破绽：
焦尔金可不能长红头发。”

“红头发的人姑娘们最喜欢，”
——这是那位焦尔金的回答。

焦尔金自己已经哈哈笑
（他生来就是气量大），
已经不再斤斤计较，
证明焦尔金就是他。

有这么个和他一样的伙伴，
虽然有点委屈，他也蛮喜欢。
至于其他的小伙子
虽然莫名其妙，也觉得挺好玩。

焦尔金说：
“请便了，

干脆就让你当焦尔金，
我呢，
就算个和你同姓的人……”
那个却问道：
“为什么呢？……”

“到底谁算焦尔金？”

“真是妙闻！……”
乱纷纷，一片笑声闹声。

忽然出现了一位司务长，
大声叫道：
“肃静！

“你们在这儿瞎吵吵什么？
是什么事情纠缠不清？
按照条令的规定，
每个连队都要分配一名焦尔金。

都听见了吗？
都清楚了吗？
有没有意见？
没有？——解散！”

我倒很同意这位司务长

把士兵管得那么严。

换了我，我还想给每个排
都分配一名焦尔金做朋友。

——不过这又是我说顺了口，
在这儿插进了话头。

作者的话

在哪条河上生长，
就要为哪条河增光……

在那艰苦年代的头几天，
当祖国遭难的时候，
瓦西里·焦尔金哪，
我就和你交上了朋友。

可是说实话，当时我还不敢相信，
在印刷的书页上
你会这样受大家欢迎，

有些人还把你当作了知心。

在战前，焦尔金哪，
你在俄罗斯还是默默无闻。
“焦尔金？他是什么人？”
可是现在呀，提起焦尔金，
“他是什么人？”——那还用问！

“焦尔金吗？咱们都认识。”
“是个人人喜欢的小伙子。”
“他是咱们自己人。”

“用一句话来形容一下；
战场上是勇敢的兵，
舞会上是受欢迎的客人，
干起活来是一把好手，
——这就是咱们的焦尔金。”

可是真遗憾，
已经这么久没听到他的音信，
也许是出了什么岔子？
也许是焦尔金有了三长两短？——

“这不可能。”
“这不能信。”
“这是胡说。”

“这是谣言！”……

“怎么是谣言？
有个人坐车到这儿，
说是他亲眼看见。
那次战斗，他俩卧倒的地方不远，
正当焦尔金抬起身子，
说时迟那时快，
一颗穿甲弹命中了他脑袋。”

“不对，炮弹打偏了点儿，
我们听说是叫迫击炮打中了……”

“是没长眼的枪子儿。”
“可是我们听说，是叫地雷崩了。”

“管他是炮弹、炸弹、还有枪子儿——
那都没关系，问题不在这儿。
你们倒说说他牺牲之前
说了些什么词儿？”

“他说的是胜利。
还说‘同志们前进。’大概如此……”

“他说的是可惜没吃午饭，
就叫人打死了，空着个肚子。

他还说：‘孩子们，
这会我上那个世界去，
对那边情况还没摸清：
我们没开介绍信，
谁知道那边承不承认？’”

“不对，根据一位伤员说的，
那就又有出入了，——
焦尔金在那一分钟说的是：
‘我完了，战争也结束了。’”

“如果是这样，那就别听信他，
因为按照这说法，
战争一天不结束，
焦尔金就一天不会倒下……”

这一类的说笑和谣传
作者已经听了不知多少遍。
可是真理依旧是真理，
谣言终归是谣言。

不，同志们，咱们的英雄
枪林弹雨都闯过来了，
难道现在就把命送？——
你们错了！
　　　　焦尔金还活着！

他活着，身体比过去还壮。
死吗？——恰恰相反，
我现在抱着这样的希望：
他会活得比我还长。

他失掉了自己的老家，
他尝遍了世上的艰辛，
可是他翻来覆去地
做着同样的政治鼓动：
“别灰心。”

在那艰苦年代的头几天，
透过恶狠狠的雷声，
全世界都听见了焦尔金的声音：
“咱们要坚持，咱们能打赢……”

他熬过了艰难困苦，
他克服了灾难和损失的痛楚，
今天哪，还有谁比焦尔金
更坚定地走着自己的路？

我的朋友，我的同志，
请你好好儿琢磨琢磨：
瞧你今儿在哪条路上熬稀粥，
瞧你今儿在哪个村里啃萝卜，

瞧你今儿舀水喝的，
已经是哪条河，哪条江！
你的车轮在哪儿发响，
你的靴子踏到了哪块地方！

不论你是黎明起身，
还是一夜没有安眠，
咱们的兵啊，请你辨认一番：
你有没有到过这块地方
在两冬两夏以前？

你瞧吧：从莫斯科城边，
从伏尔加河上游
到第聂伯河和第聂伯右岸，
一直向西看，这一片江山，
过去流着血失去的，
如今又被咱们流着血夺还。

如今神圣的律法已经恢复：
哪儿有灯光，那是咱们的房屋；
哪儿有青烟，那是咱们的篝火；
哪儿有伐木声，那是咱们的铁斧；
不论哪儿有什么货物，
也不论它运往何处，——
那都是咱们的摩托，咱们的路！

你瞧这片土地，一望无边，
你驾上汽车，可以纵横奔驰，
可是咱们的壮士
用脚步量过的岂止一半？——
他已经把它全走遍。

壮士不是那童话里说的
天不怕地不怕的巨人，
他腰里扎着兵士的皮带，
他原是普通材料制成。
只要他没喝醉，
在战斗中也知道害怕的滋味，
而事实上他没醉——他很清醒。

可是现在当这口气还长，
又何必谈论死亡的时刻？
艰苦的时候他坚定，
悲伤的时候他顽强，
焦尔金活着，还活得挺快乐。

胜利日近了，俄罗斯母亲，
请你把目光转向西方：
你瞧你的瓦夏·焦尔金
去得远了，你的子弟兵。

有时候严肃，有时候风趣，
哪怕它飞雪下雨，——
他冒着地狱的火战斗前进，
他既非凡，又是凡人，
他是奇迹般的俄罗斯人。

老朋友的消息呀，
快快传向四面八方，——
“去吧，飞向四方！”
“去吧，高声传扬！……”

老大爷和老大娘

第三个夏天。第三个秋天。
第三年的冬麦等待着来春。
在战争当中总不免
要问起或想起自己人。

想起和我们一同撤退的，
想起和我们一同作战的
（不论相处了一小时还是一年），
想起牺牲的和失踪的
（哪怕和他们只见过一面），
想起送行的和迎接的，
想起谁曾给过我们水喝，
谁曾祝福我们平安。

想起紧挨着前线的地方
卷着雪花的暴风，
想起木屋里的老大爷和老大娘，
咱们的朋友曾在那儿修理挂钟。

本来这口钟用到下次大战
完全可以不再修理，

可是德国兵按照惯例
把它从墙上卸了下来，
也不征求征求主人同意，——

天晓得他们是把这口挂钟
当成了贵重的文物，
还是从军事需要出发——
管他好赖——总算是有色金属。

冬去春来，又到了夏天，
你呻吟在德寇的铁蹄下面。
战争的沉重的步伐
却徘徊在辽远的天边。

在你家乡的小溪里
后方部队的德国兵洗了个澡。
他坐在你家的台阶上，
光着个脑袋没戴帽。

四下里还是他的秩序，
在斯摩棱斯克的田垄上
德国蔬菜发了绿，
享受着斯摩棱斯克的春光。

你侧着身子，拐弯抹角，
悄悄地走进自己的小巷里，——

虽然侥幸留了条活命，
可是连呼吸也不叫你呼吸。

老大爷和老大娘就这样活着，
也没有钟给他们计算时间，
现在空荡荡的木板墙上
那块白斑已经不大显眼……

可是咱们的老大爷
仍旧抱着不变的热情
对战局进行判断、分析、推测、估计，
好像一位退休的将军。

老头儿用他的拐杖
在木屋前的小路上
画出了合围和包抄、
翼侧、箭头，尖刀插入敌后方……

“喂，那边怎么没进展哪？”
人们问，“时间不短啦……”

老大爷老兵发了窘，
一面咳嗽，一面眨眼睛：
“这是在重新部署……”
说罢偷偷地叹息了一声。

人们虽然口里不说，
心里却着实不满意，
以为是老大爷太小气，
有好消息舍不得告诉人；

以为是他“囤积居奇”，
故意逗人家着急。
“老爷爷，到底等到几时啊？”
“老爷爷，到底怎么回事啊？”
“老爷爷，你的布琼尼[①]到底在哪里？”

当那遥远的东方
刚刚奏响战争的曲调，
老大爷连一分钟也不怠慢，
立即宣布说：时刻已到。

他的耳朵即刻分辨出了
俄国大炮的怒吼。
他东奔西走，他顿着脚：
“给他们一顿好揍！
干吧！使劲！加油！”

可是炮声又沉寂了，
烧红了天的火光又渐渐熄了。

---

① 苏联国内战争中名震一时的骑兵将领。——译注

“老爷爷，这是怎么回事儿？”
“咳，你应该学学看问题：
主要突击不在这儿。”

不论自己情不情愿，
老大爷不由自主地觉得：
在众人面前
他要对胜利负责。

于是他为了世界上的一切
隐藏着自己的忧愁，
猜测着种种原因，
杜撰着种种理由。

盼哪，盼哪，盼了那么久，
可是，当那一天终于到来的时候，
咱们的老兵却头一次
连一句话也说不出口……

这时人们不再顾虑别的，
只为一件事担心：
在解放前的一刻钟
千万别在敌人奴役下送了命。

* * *

这天夜里，和别人一样，
老大爷和老伴在地窖里躲藏。
可是战场啊——不偏不倚，
恰恰在他们头上。

这么大岁数，还遭这种罪：
既不在家，也不在外，
而是在阴间的大门口
等着阎王接待。

头顶上是木头掩盖，
屁股下坐着土豆袋，
身边放着一罐子木炭，一包破衣，
还有个竹笼装着一只母鸡……

两场大战老兵都熬过来了，
没受伤，也没咽气。
炮弹哪，你行行好，
别把他埋葬在自己的麻地里！

在头上呼啸而过不打紧，
可千万不要落在附近，
哪怕你是自己的炮弹，——
掉在这儿也不带劲！

老伴匆忙地画着十字，

他自己牙齿也有些磕打：
原来面对活生生的死亡，
就是老兵也免不了害怕。

到了三更时分，
枪炮的声音才静了。
突然——麻地里有脚步声。
“啊呀，德国人来了……走近了……”

他们穿过土豆地，
一直走向地窖。
“哎呀我的老头儿呀，
钻进了这现成的坟坑，
这会咱们再跑不了！”

只见老头儿挺身站起，
往手掌心里吐了口唾沫，
提起斧子，向前一步，
保护着老太婆。

啊，现在死去，这是多么悲惨！
可是他——斧子提在手上，
下了决心用战斗
来迎接不可避免的灭亡。

脚步声到了地窖旁——

突然停了！
泥土沙沙地落在身上。
老大娘吓昏了，

可是总算还有口气：
“可别往里闯！……”
这当儿外面响起了俄国话：
“伙计们，里面是老乡！”

“啊，亲爱的孩子们！亲人们！”
老大爷的斧子当的一声，落在地下。

“老大爷啊，我们只是担任侦察，
你们还是去迎接后面的大队人马。”

这都是百里挑一的小伙子，
一个个都赛过小老虎。
报话机旁边那位队长——
面孔为什么这样熟？

“卷根烟抽抽吧？老爷爷。”
老大爷坐下擦了擦额角的汗珠：
“幸亏你们吭了声，
孩子们哪，要不……”

队长笑着点了点头：“不要紧，

我们干的本是危险事情。
打仗嘛，老爷爷啊，
有时候也免不了伤着自己人。”

“正是这样啊。”——这时候，
老大爷正应该卷根烟抽抽，
正应该好好儿谈一谈，——
盼这一天已经盼了这么久！

可惜侦察员们太匆忙，
烟还没散，队长就说：“回头见，
老爷爷，我们今天没时间，
我们先要去解放……”

小伙子一面说一面示意，
潇洒地把眼睛挤了一挤，
这会儿老大爷终于看出来了：
“原来是你！”

豪爽的老朋友，干活的好把式，
老大爷还和他干过一杯。
“喂，老婆子你快一点儿，
你来瞧瞧这是谁？”

老大娘朝他只一望：
“哎呀，我的好孩子！

这真是稀客!
吃块猪油怎么样?
一定打了很多仗?
一定累得够呛……”

这位幽默家向周围瞅了瞅:
“到你家吃饭我不胜荣幸,
可是老大娘啊,你们哪还有猪油?”
“本来是没有哇,——不过还是有……”

“这么说,小伙子,活着回来啦?”
“老爷爷,活着回来,还不但;
从这儿撤退我是个兵,
现在呢,你倒看看:
看样子已经像是军官。”

“军官?嗯,真行,”
老大爷直点头,
“不过……如果再往后撤,
是不是又会变列兵?……”

“不,老爷爷,如今已经大不同。
从今以后可以保证:
不管军衔高与低,
再往后退是此路不通。

要不然，你只管把我撵出门，
不要再给我一块面包皮。
这是我——瓦西里·焦尔金
说的话，你完全可以相信。”

“当然相信咯！——咳，
现在怎么称呼比较合适：
该叫你中尉先生，
还是叫你军官同志？”

“老头儿呀，你岁数大了，
眼睛瞧不清了，
你两年来怎么竟改了口，
叫惯‘先生’了……”

老大爷急得口水飞溅，
老大娘呢，微微偏着头，
一只手托着下巴，
另一只手托着这只手肘，
就这样坐在角落里瞅着他，
好像是母亲瞅着孩儿。

“吃点儿，”老大娘直催着他：
“快多吃点儿……”

他虽然匆匆忙忙，

却还是尝了一尝，
好像是回到了家的亲人。
倒了袋烟草送给老大爷，
他就告别起了身。

“报话员，跟我走！”
已经走出几步开外，
可是钟表匠的记性不坏，——
焦尔金走到门口，
又回头问起了那口钟：
“还走不走？”
“唉，甭提了！”——这一问
又惹得老大娘眼泪直流。

“老大娘，不要紧！
等我到了柏林，
准给你捎回两口钟来，
比原来那口还新。”

第聂伯河上

想当时还没过乌格拉河[1]
（而现在它已留在后面远处），
将军就对英雄说过：
“咱们这趟还算顺路……”

当时看来，小伙子倒是真走运，
向前进攻的好处大：
跟着自己的近卫部队，
一路就能打回老家。

① 河名，在斯摩棱斯克省东。——译注

可是我的焦尔金经过了磨炼，
当时他大概已经不再幻想
在舞会上，当着姑娘们的面，
抽几支“卡兹别克”烟……

但随着每天的行程，
离故乡愈来愈近，
我的老乡心上啊，
也更挑起了思乡之情。

在路上，在休息的地方，
在梦中，在火热的战场，
这一段要对故乡说的话
在他心上自生自长：

“我的土地，我的亲娘，
我遍地森林的故乡，
你好哇，第聂伯河边的村庄，
快迎接你的儿子回家乡！

你好哇，初秋的美人——
披着花衣裳的白杨，
你好哇，鲁却萨小溪，

你好哇，格林卡和叶良[1]……

我的土地，我的亲娘，
我感受到了你的力量，——
当我还在远方，我的心哪
早已飞到了你身旁！

我绕了这么一个大圈子，
我走过了遥远的地方，
我尝到了深重的痛苦，
我体会了沉痛的悲伤。

我的土地，我的亲娘，
通往故乡的大路尘土飞扬，
我不夸口：我并没有想个不休，
不过总还是有点儿想……

我从东方回到故乡，
我还是和从前一样。故乡啊，
你瞧我一眼吧，你长叹一声吧，
瞧我又回到了你身旁！

我的土地，我的亲娘，
看在愉快团圆的面子上，

① 都是斯摩棱斯克省地名。——译注

原谅我吧，为什么——我说不上，
我只知道要请你原谅！……”

在路上，在火热的战场，
熙熙攘攘，匆匆忙忙，
这一段话，这一首歌
自生自长地活在他心上。

可是这对战争却不关痛痒，——
处处都是同样的好地方：
不论它是高加索，乌克兰，
还是你的斯摩棱斯克故乡。

跨小河，过大江，
泅渡、徒涉、架桥梁，——
我们那个师向前挺进，
偏偏没经过那块地方。

这时节，在左边，
正当初秋天高气爽，
另外一位不相识的将军
却解放了英雄的故乡……

好像决了口的洪水，战线泛滥了，
向两边，向前面，向第聂伯推进，
马儿自己向前拽着缰绳，

好像是远路归来望见了家门。

满脸汗珠满身的灰，
前线的人儿笑开颜：
汽车大炮都掉了队，
就数咱步兵跑得欢。

在通往第聂伯河的路上，
哪怕再累点儿也没关系，
虽然是行军休息的时候
连拿勺子都没了气力，

可是凭着那股子热情，
一声“前进”就又都来了劲，
大家热得张着嘴喘气，
是那么辛苦，又那么兴奋。

左边右边都是友邻，
咱们可不能落在后面。
“瞧德国人把锅灶都扔在院子里，
还留下了一锅热稀饭！”

“把德国人压下河去吧！”
“这狗养的，河岸叫他们盘踞啦！”
“不但是河岸，据说他们慌里慌张，
已经在居民点柏林组织防御啦！……”

金色的三伏天
已经落在我们后面，
军队继续向前，向前，——
突然在黎明时分
打响了第聂伯河的大战……

也许在未来的年代里
会有人来疏浚河床，
那时人们就会看见
有些什么东西
在这波浪下面埋藏。

在那昏睡不醒的烂泥里，
他们会找到树干似的炮筒子，
会把它们一根一根地
从鱼儿的黑暗王国里捞起；

俄国坦克和德国坦克做一对儿
挨在一起，异途得了同归；
来自两半球的钢铁、橡胶和铅
也在这儿躺成一堆；

这是战争的破烂儿：沙里埋着断钢索，
船底朝上鼓着个肚子，
还有已经没了把的

工兵用的斧子……

也许将来有人会引吭高歌，
歌唱第聂伯河古战场，
他可能也会提到这柄斧子，
而且唱得比我更漂亮；

他会说出这血写在历史上的日子
有多少难以想象的艰苦。

可是有一些话，我相信，
他却不能代我说出。

尽管我担当这个任务
还有些难以胜任，那不打紧。
有一方面我胜过他：
我踏过那场战斗的滚烫的脚印。
我到过那儿。我是当代人。

话说那些载重汽车
和辎重都落了后，
等舟桥[①]运到河边
也不知要等到什么时候，——

---

① 军队渡河器材。一套舟桥器材包括若干舟及桥桁、桥板等，用汽车载运，可结构浮桥或门桥。——译注

可是步兵遵守着条令规定，
在敌人火力下不能等待，
没有船就抱着树干过，
没有门桥[①]就用门板代。

眼看傍晚就要渡河，
可是桥还没有架起，
右岸的树枝垂向水面，
伸手欢迎咱们的兄弟。

游过来吧，抓住树枝，
就像是一把抓住马鬃。
在崖畔下面可以先歇会儿，——
这儿不怕炮轰，

虽然是全身军衣湿淋淋，
小溪似的淌水，——这不打紧。
瓦西里·焦尔金踏上对岸，
也就是这副情景。

清早时分起了雾，
雾气烟气漫悠悠，

---

① 门桥，军语，用几只舟铺上桥板结构而成，起大型渡船的作用，用以漕渡炮兵、坦克、车辆等器材。——译注

好像是河上又出了一条河，
在两岸之间慢慢儿流。

却说战斗越打越热火，
说不定再待一会，
我们的排就会连泥带土
被敌人打下水。——

战争的几年就像是一辈子，
这种事情见惯了也就平常。
咱们从边防线上
打到首都的莫斯科河，
现在又打回头，——咱们过了
多少条河，多少条江！

瞧这已经是最后一名战士
从水里爬上了沙滩，
他赶紧嚼着面包干，——
因为干粮已经在河里泡得稀烂。

裤子沙沙响，全身已透湿。
没事儿！登陆兵理应如此。
“过来了！第聂伯河在我们背后了，
真的吗，中尉同志？……”

登陆战打得正激烈，

往下游看，稍稍往南，——
德国人正从左岸渡向右岸，
可是为时已经太晚，

现在已不能让你交臂而过，
焦尔金严厉地说：
“我们这边停止接收，
请他们乖乖地留在左岸当俘虏。”

左岸上，大军赶到，
刺刀尖就在德国人背后，
把他们一群群逼下了水，
河水呀滚滚地流……

这时在两岸之间
炸弹没头没脑往下揍，
我们铺桥板它们来凑热闹，
要论打木桩更是个好“帮手”。

可是一群群的老乡
已经钻出了地窖和树丛，
钻出了林中的山洞，
沿着路边走回村庄……

却有个德国兵吃力地拖着脚步，
走向东岸的司令部，

大伙儿看了直发笑，
原来德国兵一副穷相没穿裤。

“从渡口来的吗？”
“从渡口来的，
刚刚来自第聂伯河上。”
“洗过澡啦？”
“鬼子洗过澡啦，
因为在炮火下热得够呛……”
“纯粹的日耳曼种。
这鬼子吃得倒挺胖！”
“急急忙忙赶来投降，
倒像是赶来休养……”

可是全排热爱的焦尔金
这一次却没开腔。
他抽着烟，一副和蔼的脸色，
独个儿在沉思默想。
留在他背后的道路
比起面前的来真显得长！
他不说话，并不是对谁不满意，
也不是因为心里窝火，
只因为他尝过的、他见过的、
他失掉了的和保存了的
要比别人多得多……

我的土地，我的亲娘，
我斯摩棱斯克的亲人，
原谅我吧，——为了什么？
我也说不上，
我只知道要请你原谅！
这一次你的焦尔金
又走在前线的道路上，
可是他再不把你扔在敌后遭灾殃，
他把你留在了自己的大后方。

艰苦的年代，苦难的时期
如今已经一去不返……
“喂，你怎么回事儿，瓦西里？
老弟呀，你好像是在哭泣？……”
“啊，对不起……”

无家可归的兵

现在大家谈的已经是柏林：
“少废话，交出柏林！”
现在大家早就不再回忆
咱们那古老的克林城①。

如今在奥德河上
就连老兵也不再记起，
当时咱们怎样苦战了半年，

① 地名，在莫斯科西北七十公里，1941年冬德寇进攻莫斯科时，曾一度失守。——译注

才打下居民点博尔基。

可是在博尔基那块地方，
每一块石头，每一根木桩，
我和我当兵的老乡
再过三辈子也不能忘。

我的老乡既不老，也不小，
我俩是同一天上的战场，
他那种乐呵呵的性格
说起来和我也很相像。

这位小伙向后撤退的时候，
仍旧保持着乐观的精神，
他脚步一面向东走，
口里一面重复着："向西进军！"

顺便提一声：当咱们向后撤退，
当咱们丢了一城又一城，
那年头他倒很吃香，
在那年头他出了名。

那年头也不知是为的啥，
提起他来人人夸。
就连那些将军，
好像也还比不上他。

可是现在年代已经不同。
这原是自古以来的分工：
丢城失地的是士兵，
攻城夺地的是将军。

四一年他落在包围圈里，
焦头烂额，吃了败仗，
身上带着两处伤
离开了他的故乡。

他走着，像别人一样，
不知走向何方：
“俄罗斯啊，你怎样了，你在哪儿？
哪儿才是自己的地方？”

他把家丢在敌占区，
匆匆忙忙去追赶战争，
他在想些什么，我猜不着，
我不知道他的心情。

可是不论事情多新鲜，
真理是真理，
谎言总还是谎言。
不错，我们曾经撤退过，
并且还撤得很远，

可是我们始终认定：
“你横行不了几天！……”

从首都向西望去，——
那边是亲爱的故乡！
亲爱的故乡啊险阻重重，
我们中间隔着一堵铁墙。

可是现在那沦陷的地方，
连同咱们那小小的村庄，
又整个儿回到了咱们手上，
不是凭呼风唤雨的魔力，
而是凭咱们自己的
俄罗斯的力量。

俄罗斯啊，你现在在哪儿？
你的雷声正在谁家门前轰响？

你的敌人
（算起来已经是第几个了呵！）
扑面摔了个嘴啃泥，
这回打掉了他的胃口，
叫他以后再不敢来碰运气。

祖国啊，我的母亲！
不知在哪国首都的城头上，

你的旗帜又猛然飞扬。
如果想把情况弄得更清楚，
且让咱们再听听礼炮响。

现在年代已经不同了，
当然，任务还是不轻……
可是，咱们还是谈我的老乡吧，
咱们继续谈谈那个兵。

你在这世界上有自己的家，
有孩子，有爱人，
有兄弟姐妹、父母亲，——
你有地方可以寄信。

可是咱们这个兵的收信人
却是茫茫的世界。
除了无线电，朋友们哪，
他再没有别的亲人。

如果在这世界上
有那么一扇窗户，
不定在哪天，你可以把它敲开，——
这是多么大的幸福！

在行军途中，在国外，
在遥远的他乡，

对那扇窗户的怀念和梦想
就是你心中的宝藏。

可是咱们这个当兵的呀——
哪怕战争今天就结束，——
他已经没有一所房屋，
也没有一扇窗子，

他虽然结过婚，可是没有老婆，
他也没有儿子，但是曾经有过，——
朋友们哪，那小家伙
还会画带烟囱的房子……

在斯摩棱斯克进攻的时候
正好遇到休息。——你看这多巧！
咱们这位老乡
就向指挥员报告：

“我就是此地人，
只消一迈腿就到了我家，
这机会实在难得，
请准许给我个假。”

指挥员答应了，叮嘱他快去快回……
这就是一草一木都熟悉的地方了，——
可是仔细一看，这条路有些不对，

地形也似乎不大像了。

还是那个山包，还是那条小河，
可是荒草长得有一人深，
只有柱子上的一块路牌
证明这儿是红桥村。

那儿还有几个留了活命的，
他们一切都对他直言不隐：
原来咱们这位当兵的
在世上已是孤零零的一个人。

路牌下，岔路口，
咱们的兵士脱了帽，
他肃立了一会儿，就像是在墓前。
可是该往回走了：时候已到。

他离开了这块地方，
匆匆忙忙去追赶战争，
他在想些什么，我猜不着，
我不知道他的心情……

无家可归的兵，举目无亲的兵，
又回到了部队，
大家吃完饭了，他一面喝着冷汤，
一面掉着泪。

右手里拿着一柄勺，
左手里是一块面包，
家破人亡的兵坐在沟边哭，
嘴角像孩子似的一阵阵抽搐。

他哭着，也许是哭他的儿子，
哭他的妻子，哭他失掉的一切，
也哭他自己，因为他很清楚：
从今以后，再没有亲人为他哭。

当兵的心里不论多么痛苦，
吃饭睡觉可不能耽误，
只因为，朋友们哪，
明天他还得赶远路。

这条路通过战争和血汗，
通向苏联土地的边缘。

而战争啊，现在跑得这样快，
伙房落在后面，鬼都找不见！

因为仗打得漂亮，
连肚子饿也忘了。
你想想：一天能占领一座城；
就是省城，也只要两天就解放了。

现在年代不同了，——
使劲揍，狠命撵。
我亲爱的白俄罗斯啊，
还有金色的乌克兰，
刚说完“你好哇”，
马上又得说“再见”。

谁也顾不到口渴得慌，
因为在战场上
并不是人人喝得上啤酒，——
除非你凑巧占领了啤酒厂。

不知道是不是“在行进间”[①]
咱们离开了祖国的土地，
咱们边打边冲，
蹚过了国境线上的小溪。

到了结账的时候了，
笔笔血债要偿清。
可是咱们还是说完那个兵的故事吧，——
咱们再谈谈无家可归的兵。

现在他在哪儿我没打听，——

① 军语，指在不停顿运动中遂行任务。——译注

也许他已经倒在战场上了，
连写着一行小字的木片
也被潮湿的雪花埋葬了。

也可能他又一次负了伤，
送到医院去休息了一阵，
现在又重新上了战场，
和咱们一起攻下了梯尔济特城？

他离开了俄罗斯祖国，
匆匆忙忙去追赶战争，
他在想些什么，我猜不着，
我不知道他的心情。

可能是他到了这里，
会更感到自己无家可归，——
不论我这话说得对不对，
咱们该记着他那滴神圣的泪。

如果我能用双手
捧起那滴泪，从俄罗斯带着走，
如果将它滴在德国土地上，
它能把岩石烧个透！

人民受了多少苦，遭了多少难，
山样高的血债要清算。

朋友们哪，请别忘，
别忘了咱们的兵家破人亡：
账上要添上这笔账。

几百万个人，几百万条命，
海样深的血债要还清。
还清了债，才好交代，
可是还有咱们的兵无家可归：
债上要加上这笔债！

离柏林还有几里地？
快走，加油！不用算距离，——
咱们已经从克林、从莫斯科走到这儿，
拿剩下的路程比一比，
才抵得走过的四分之一。

刺刀画线道道儿直，
黑夜过完了白天要开始。
可是在那光辉的胜利日，
朋友们哪，咱们谈笑之间
别忘了那无家可归的兵士……

进军柏林的路上

沿着通向柏林的大路
是谁家扯破了鸭绒褥？——
灰色的绒毛漫天飞舞。

绒毛好像是天降霜花，
裹住了哑口无言的电线，
裹住了潮湿的菩提树枝，
汽车车厢上也粘住一片。

野炮和炊事车的轮子
把积雪、稀泥和绒毛混成一堆。

湿漉漉的雪花夹着绒毛
直往军大衣上飞……

外国的天气实在令人寂寞，
那些红砖砌的屋子也叫人看不惯。
可是战争还是干它的活，
土地不断地在打战，
屋顶上的碎瓦片
咔嚓嚓地直往下落……

俄罗斯母亲，我们伴着你的车轮
已经把半个天下走遍，
你的江河的宽阔水面
已经远远地落在后面。

你那白桦树的乳白色调
久久地随着你的车轮向前，
在异乡的道路上，它渐渐淡了，
淡了，终于消失不见……

远了，你古老的莫斯科，
远了，你辽阔的伏尔加，
我们和你之间
已经隔了三种外国话。

异乡的天空破晓得那么晚，

又开始了外国的一天。
墙根下，水洼里
浸着一堆堆碎瓦片。

到处是箭头和路标，
到处是招牌和记号，
还有一卷卷的铁丝网，
还有篱笆、门和围墙，
好像都是有意凑在一道，
来渲染这寂寞的情调……

咱们的亲娘，咱们的土地！
在灾难的年月，在胜利的时刻，
有什么能比你更光明、更美丽，
有什么能比你更亲切？

兵士的命运
谁也没法逆料，
如果注定要进公墓，
但愿能躺在你的怀抱。

可是最好不过是活着
回到你的身旁，
突然出现在自己的家乡，
说声："你好哇，我的祖国！"

你的子弟兵，人民的勤务员，
可以光荣地对你说：
“我打了四个年头的仗，
终于凯旋回到了家乡，
现在我要好好儿生活。”

他完成了自己的任务，
他给你的战旗增光。
除了他，谁还有权利
爱你像他一样！

战斗里昼去夜来，
一个月没摘一次帽，
你的子弟兵，你的保卫者，
顺着通向柏林的大道
急急忙忙奔向你的怀抱……

沿着这条必经之路
绒毛像朵朵乌云飞舞。
城市变成了一堆堆灰，
吐着烧羽毛的焦味。

冒着隆隆的炮声
老百姓从滚滚黑烟里往外走，
好像是涌出了地狱的门口，
只见沿着公路直奔正东

是一条不断的人流。

有的慌张，有的痛苦，
有的焦头烂额，
各种血统、各种民族，
有的空手走着，有的驮着包袱……
直奔正东——一条大路。

从阴森森的大集中营里
走出了整个欧罗巴，
冒着烟雾，穿过尘土，
走向东方，各奔归途，
头顶上绒毛像大雪飞舞。

法国兄弟，英国兄弟，
波兰兄弟，还有其他的人，
都流露出带点儿歉意的友谊，
热情地瞧着咱们俄国兵。

在不知名的十字街口，
正当目光互相接触的一刹那，
只见外国姑娘的双手
不由自主地伸上去整理头发。

这些话语，这些笑容，
使咱们的兵有点儿脸红：

瞧，整个欧罗巴
都在说着“谢谢”这句俄国话。

他——解放者——站在那儿，
红星军帽斜斜地戴，
好像是说：我最爱帮助人，
我有一副朴实的胸怀，
我们尽了自己的天职，
我们也尊重别人的旗帜。

“喂，你上哪儿啊，老妈妈？”
“我也是上那边——回老家呀。”

出远门，在他乡，
在杂色的人群中
突然听到了家乡口音，——
这是一位老大娘，
身穿皮袄，手里拄着拐杖。

岁数已经不小，
但还不算衰老，
一副长途旅行的打扮：
头上缠着一块头巾，
背上还有一个背包。

老大娘问了声好，站起身，

你瞧她和同乡的战士正相称：
这位朴实的乡下女人
是咱们勤劳的母亲。

这是无数无名母亲中的一个，
她们有永恒的神圣力量，
在劳动中她们那么辛勤，
在苦难中她们那么坚强。

她们用夜不成眠的慈爱把咱们养大，
又失去她们养大的兵士，
这种不可逃避的命运
已经在世上重演了成百次。

失掉了儿子，如果孙儿
还需要她们养育，
她们仍然手不歇，眼不闭，
她们就为孙儿活下去。

而现在，母亲一个人
竟在他乡飘零！
“离家远不远？”
“家吗？家是没有啦，
我本住在第聂伯河那边……”

等一等，让兵士的母亲

就这样拄着拐杖，
从外国走回家乡，——
孩子们哪，这哪能行！

等一等，老妈妈，
让我们安排别打岔。
首先我们套上这匹马，
连同车子请你收下。

再收下全副装备，
把毛毯盖在脚上。
送给你一头奶牛，
还配属[1]一只绵羊。

带上茶壶茶杯路上好喝水，
这个小桶子恐怕也用得着，
还有枕头和鸭绒被，——
德国人嫌累赘，咱们拿着正好……

“用不着，孩子们，这样怎么成？”
可是孩子们不管你有用没用，——
又拖来一辆自行车，
还搬来一口自鸣钟。

---

① 军语。把其他兵种交给部队指挥员指挥以加强该部队，叫作“配属”。——译注

“好了，再见吧。祝你一路平安！”
母亲呢，想说点什么还没说出口，
已经笑得直咳嗽，
毫无办法只好摇头。

“孩子们，怎么办，路这么远，
恐怕人家会把我扣留：
我套着这匹马儿，
却连个收条字据也没有。”

“老妈妈你把心放宽，
只管把马儿往前赶。
首长哪会管那么些闲事，——
各人管的是自己那一摊……

祝你回家一路风顺，
可是万一有人查问，
你别忘了说一声：
‘这是瓦西里·焦尔金给的装备，’——
那时候保险你自由通行。

如果我们到时候还活着，
一定到第聂伯那边来做客。”

“老天保佑你健康，

别叫枪子儿撞上……”

到如今这位老妈妈
驾着车，眯着带泪花的眼，
想必已经去得很远。
在窄窄的小路两边
（虽然还不是俄国地方），
亲切的白桦林想必已自成一片。

啊，在他乡看见它们，
心里又是难受又是高兴！……

喂，边境上的检查哨，
请你们放她和马儿通行！

在澡塘里

在德国的纵深里，
在战场的外围——
这个澡塘多么漂亮，
一点也不次于桑都内[①]！

虽在他乡，等于是回了家，——
这个澡塘顶呱呱。
且让咱们不慌不忙

① 桑都内是莫斯科最著名的一家澡塘。——译注

慢慢儿来找表扬的话。

这原来是城堡还是房屋——
咱们闹不清楚，
不过现在是澡塘——这可没错：
你瞧蒸汽把那窗户
罩上了一层雾蒙蒙的幕。

更衣室里是几张伯爵坐的椅子
做一溜摆在墙边。
当兵的在这儿脱掉了裤子，
从容不迫地抽完了烟。

抽完了烟，再拉起衬衣
从头上往下脱。
要想形容澡塘里的兵，
得让咱瞧瞧脱光了的小伙。

个儿不高，胸脯却是鼓鼓的，
骨骼也长得挺粗。
他身上怎么那样白？——
几年来晒太阳，总是穿着军服，

虽然现在他肩上
没戴着军衔符号，
可是一眼就看得出

他常和炮火打交道。

看见他活到如今，
不由得要叫人吃惊。
在白白的活人身上
像红星似的烙着一颗印。

它粗糙不平，却发着红光，
真顶得上一枚奖章，——
虽然不是佩在胸前，
而是在后面的肩胛骨上。

把咱们的运动员
从头到脚瞧一瞧：
这儿是豆荚似的一道伤疤，
那儿又是一道。

伤痕和文字一样，
写下了永远的纪念。
这儿记载着迭斯纳和叶良[①]，
故乡和异国写在同一行里面。

多少里程，多少界标，

---

① 叶良，地名，在斯摩棱斯克省。迭斯纳，河名，发源于叶良，流入第聂伯河。——译注

其中哪一里都忘不了。
可是言归正传：既然脱了衣服，
就该进去洗蒸汽澡。

他往里走着，可是这种走法呀，
且让咱们看上一眼：
他好像踩着薄冰，
每一步都迈得提心吊胆，

每一步都费老大劲，
迈一步，叫一声：
“哎哟哟，真得劲儿！”
一面乐得眯着眼睛。

人声水声闹成一片，
天花板出了汗，
水珠直往下滴……
他伸出双手往前摸，
找的是什么？——
不是找水，是找蒸汽。

蒸汽直往天花板上顶。
伙计，快到架子上去蒸一蒸[①]！

---

① 俄式蒸汽浴室里，用勺子往烧红的石块上泼水，产生大量蒸汽，人躺在高架上行蒸汽浴，位置愈高，蒸汽愈热。——译注

在和平生活和战斗生活里，
不论在什么地区，
咱们的身体和灵魂
都爱舒服的蒸汽浴。

虽然你是个地道的俄国人，
就用这外国的河水
洗上个澡吧，——
这又有什么要紧？

想起那年的冬天和春天，
咱们在莫斯科城下小河旁，
在战地澡塘里洗澡，
那才叫不利于健康。

喂，普斯科夫的、叶列次的
还有别地方的老表，
你快舀点德国水，
不用怕，再泼上一勺！

再来上一分尼[①]水，别吝啬，
孩子们，现在快用俄国白桦叶
（哪怕是立陶宛的也成）

---

① 德币名。——译注

把伤痕熨得更加伏贴。

光荣归于管理员，——
他装车时想得真周到，
把苏联的白桦树枝
一直运过了肯尼斯堡。

喂，斯拉夫人！不管你来自库班、
顿河、伏尔加还是伊尔的士，
快在澡塘里占领高地，
稳稳当当地构筑工事！

朋友们哪，好好儿洗，
这是多么舒服，多么惬意，
不慌不忙地用白桦帚
擦掉这外国汗和外国泥。

嘿，蒸汽的劲儿真足，
连木板都热得难耐。
喂，叶列次的老乡你在哪儿？
再加一勺，拿出近卫军的气概！

再加一勺，和先前的蒸汽做一堆儿，
咱们也受得了。
谢谢你了，同志。这会儿
可以休息了，这才够味儿！

谁没有咱们的训练水平，
要他上架子除非是套上辘轳滑轮，
否则你就是用绳子拽，
恐怕也只是白费劲。

这儿哪个老行家都不行，
不论他多么喜爱蒸汽浴，
也不论他精力多么充裕，
只消他往里一钻，
连两分钟也活不下去，
即使他留了活命，
也不能再生男育女。

论到挨蒸的本领，
咱们当兵的天下无双。
就是真正的魔鬼
也不敢和咱们较量。

哪怕你是个铁打的好汉，
也未见得像咱们当兵的
受过那么些火烧油煎，
熬过那么些风雪饥寒。

哪怕你是个天不怕地不怕的小伙，
也明知道天下没有鬼，

可是只消到这儿来领教领教，
你就会尝到地狱的滋味。

在那战时的工匠
特制的架子上，
火热的白桦帚
在发红的背上搔痒。

咱们的兵一面哼，一面唱，
他一个劲地要求：
“给我使劲擦！”
他哼呀哼的，可是还咬牙忍受，
他连声叫喊不住口：
“加油！加油！加油！加油！”

没有痛痛快快蒸一蒸，
战士就浑身不得劲，——
就好比没有把德国鬼子
一口气收拾干净。

不成！得赶快把他们
仰面打翻，扔到海底，
留在地上的，也要装进“口袋”，
把他统统捣成肉泥。

那时节，面前没有了德国鬼子，——

战争爆发以来的头一遭。
那时节，紧随着莫斯科
阵地上也要响起胜利的礼炮。

只听得排炮轰响，
声音压倒了巨浪。
于是火炮和车辆
又开向了战场的另一方。

纵队唱着歌儿前进，
这莫非是最后一次远征？
兵士用沾满尘土的手掌
擦着含泪的眼睛。

有人在吹口哨，有人在喊，
悲伤苦闷都烟消云散。
现在打仗也变得轻松了，
当胜利的节日已经不远。

连糊涂人也看得清楚：
现在打仗和过去不一样，
不信你想想：每柄刺刀
竟配属了三架飞机来帮忙。

现在的人也都劲头更足，
总之完全是另一种情况，

因为坦克和火炮
已经多得没处放。

力量教训了力量：
力量和力量不一样。
咱们的火
比他们的火更厉害，
咱们的钢
比他们的钢更坚强！

柏林城边响起了莫斯科的钟声，
宣告审判的时刻已经来临……

却说咱们谈论之间，
那个兵舒舒服服地出了一身汗，
蒸暖了骨头，熨平了伤痕，
享受够了，爬下架子来，
从头到脚焕然一新……

下面又是另一种风味：
光膀子的人钻进盆塘和淋浴间，
舒服的洗澡作业
在这儿才算做完。

这一位蒸出了一身大汗，
那一位已经想打瞌睡。

一炮手拿着毛巾
在给二炮手擦背。

这位坦克手在灯光下
两手没闲着呢。
这位趁机会在洗头，
那位在泡着手上的茧子呢！

还有这位拿出手绢儿
（这是战场上缴获来的），
放在肥皂水里搓洗
（这水是不用花钱买的）。

咱们的这位躺了一会儿，
等身上凉了点儿，就下了地。
弄了一水桶的胰子沫，
对前方后方进行了卫生处理，
对两边翼侧也没有忘记。

他迅速打扫完了战场，
往身上泼了盆水就钻出了澡塘。
其他的人一见，不由得也着了忙，
跟着他陆续站起。

并不是因为他
军衔高人一等，

只因为他洗蒸汽浴
表现得骨头硬。

俄罗斯人最爱的
是辉煌的力量，
所以咱们在劳动和战斗中
表现得比谁都强。

俄罗斯人自古以来
就有这样的传统：
一见到壮士气概
禁不住又是喜来又是爱！

所以这会儿大家瞧这个兵
都用着尊敬的眼光，
瞧他穿上新的衬裤
是那么大方、安详。

他不慌不忙套上军裤，
又把油布靴子穿上，
这双靴子几乎可算是新的
（若是按照司务长的眼光）。

他一头钻进了军服，
只见军服的胸脯上啊，
一排排的勋章和奖章

燃烧着火也似的光芒……

“老兄啊，你这大概是
从军人服务社批发来的？”

他却兀自站着，身上光彩夺目，
专心致志地卷着烟卷。
对这玩笑，他也用句笑话答复：
“这算得啥！这儿还不是全部。”

“好家伙，真了不起！
那其他的在哪儿呢？”

“在德国人守着的
最后一道防线那儿呢！”

当他告辞了走出门口，
战士们在他背后
禁不住齐声赞扬：
“好家伙，真棒！”
“简直和焦尔金一个样！”

作者的话

夜色清莹，明月圆了，
这一杯烈酒喝干了……

焦尔金，焦尔金哪，
仗打完了，时候到了。
咱哥俩一下子
好像都变老了。

在不习惯的静寂里
我好像是震聋了耳朵，
我这战场上的歌手
忽然手足无措地住了口。

不过这并不打紧。
这首歌已经唱完，
现在需要新的歌，等几天，
它一定会出现。

我想说的是另一桩：
我的读者啊，我的朋友和兄弟，
我和往常一样

总觉得有些对不起你。

我本想再多说些，怎奈时间匆忙。
可是这一点请你别忘：
我有时吹牛逗人笑，
却从没有存心扯过谎。

凭良心说，我有时
自己也叹息过不止一两次，
当我重复着主人公的话——
焦尔金的话：

“我本想说得更深情，
可是又想把话自己留下；
我本想拉得更动听，
可惜我功夫还不到家。”

虽然在和平的年代里
歌手会唱出一些别的东西，
比起这个战士的故事
也许更能讨人欢喜，——

可是这本书我比什么都疼爱，
就像是一个没人照料，没人关心，
在那多灾多难的年代
勉强拉扯大的小孩……

在那艰苦年代的头几天，
当祖国遭难的时候，
瓦西里·焦尔金哪，
我就和你交上了朋友。

当年咱们相遇在战场上，
你对我的帮助
和你给我的榜样
我永远也不能忘。

打从莫斯科，打从斯大林格勒，
咱哥俩同甘共苦，始终在一起，
你帮助我愉快休息，
也帮助我创立功绩。

这些诗行，这些书页
是岁月和里程的特别记录：
从西方的边界
到自己的首都，
从自己的首都
打回西方的边界，
又从西方的边界
打到了敌人的首都。

冬天咱们生起取暖的火堆，

春雨又洗去了辛酸的余灰。
我和多少人见了最初一面
和最后一面，
我和多少人干了最初一杯
和最后一杯！……

只消在火线上见过第一面，
建立的友情就牢不可破。
多少颗心需要过我，
要没有他们也就没有我。

诗人哪，多少读过你的诗的人
已经离开了世界，
思想起这些，仿佛这本可怜的书
已经传诵了无数年代。

前思后想，你就会这样说：
未来的赞扬对它算得什么！

如果那自作聪明的批评家
板着面孔来审阅，
他尽可以挑些岔子，——
挑不出的话，当然可惜，
可是我这本书却不在乎那些。

当我在战场上，

在摇摇欲坠的屋檐下，
碰上什么地方就什么地方，
当我沿着公路，
不顾汽车颠簸，
碰上下雨，就用雨布蒙头盖住，
当那寒风怒号，冰雪冷酷，
我就用牙齿拽下手套，
把零乱的诗句
悄悄地写进我的练习簿，——
当时我也曾抱过甜蜜的幻想，
但是将来的褒贬
我全没放在心上。

我所幻想的是奇迹的出现：
我希望我的作品，我的情感
也许能在战场上
给活人带来一些温暖，

能使战士的心
感到一阵意外的高兴，
就像是无意中找到了
一架破烂的手风琴。

哪怕手风琴已经破烂，
它的本领也实在可怜，
肚里藏的统共只有两支舞曲，

可是两手一拉却大可开展。

现在，当战争已经停息，
不妨来个瞎估计：
也许有一个兵
拖着一只空荡荡的衣袖，
走进某一家啤酒店里，
三杯落肚以后
会将咱们记起；

也许在某个连队储藏室里，
或是挨着伙房的门，
有人会对某个战士开玩笑说：
“你呀，真是一个焦尔金！”

也许有一位可敬的将军
会郑重其事地提到焦尔金，
说是他曾给焦尔金授过奖章，——
他会这样说，这我可以断定；

也许某一个读者
手里拿着这本小书，
会说：“瞧，这是地道的俄语，
虽然是诗，写得倒很通俗……”

那时我就心满意足，——

我本不是个骄傲的人，
不论用什么荣誉
来和这交换，我也不会答应。

这本永远难忘的时代的书
讲的是一个战士的故事，
我从半腰里开始，
写到完来也没有结束。

可是我有个大胆的想法：
我想把我心血的结晶
作为对烈士们的神圣纪念，
把它献给一切战时的友人，
献给一切的心，——
我珍重你们的评判。

（1941—1945）